略奪使いの成り上がり II

~追放された男は、最高の仲間と英雄を目指す~

Ryakudatsuzdukai No Nariagari

煙雨

ill 桑島黎音

Contents

Ryakudatsuszdukai No Nariagari

第一章
予兆

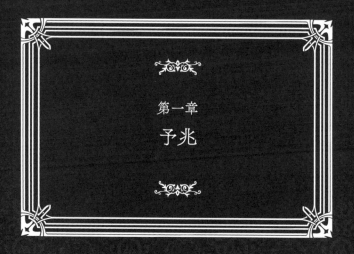

狐人族の国を後にしようとした時、ロンローリ様がこちらに近寄ってきた。

「メイソンくん、クロエを頼んだよ」

「はい」

「それはクロエやルーナさんも同様だからね」

「「え?」」

二人は茫然《ぼうぜん》とした表情でロンローリ様を見る。

「二人ともメイソンくんと仲間って思っているよね?」

「「うん、はい」」

「じゃあ、メイソンくんの足かせになってはいけない」

するとルーナやクロエはハッとした表情で俺のほうを見てきた。

(え? いや、そんなこと思ってないんだけど……)

「その表情なら二人ともわかっているようだね」

「「うん、はい」」

「いや、俺は別にそんなこと……」

そう、俺はルーナやクロエ、その他大切な人たちを守るために英雄になると決めた。だから足かせとかあまり関係ないんだけどなぁ。

「メイソンくんのために言っているわけじゃない。二人のために言っているんだ」

「え?」

俺のためじゃなく、ルーナやクロエのため？

「仲間っていうのは互いに信頼できる存在だ」

「俺は二人のことを信頼していますし、今後もそれは揺るがないと思いますけど」

「それは違うよ。力の差が徐々に開いていったら、自分一人で何とかしなくちゃいけないと思う時期が来る。それは信頼と呼べるのか？」

「……」

ロンローリ様の言葉を聞いて、俺は何も言えなかった。今は二人の実力も信用しているし、精神面でも助けてもらっている。だけど、俺と二人の実力差ができてしまったら、今後ロンローリ様が言うとおりになる可能性もあり得る。

「それにメイソンくんがなにも思わなかったとしても、クロエやルーナさんはそうじゃないと思う。足を引っ張っていると思うだろうね。だからこそ、今の関係を崩さないように頑張ってくれってことだよ。私ができることなら力を貸すから」

「「ありがとうございます」」

ロンローリ様と話が終わった後、狐人族のみんなと軽く別れの挨拶《あいさつ》を済ませて狐人族の国を後にした。

◆◆◆

ランドリアに着き、真っ先に宿屋に向かっているとき、ルーナに言われる。

「そろそろ私の別荘じゃなくて、拠点となる場所が欲しくない？」

「え？」

「だっていちいち別荘に行くとワーズとかが居るじゃない？　だったら家を買うのはありかなって思う」

「そ、そうね。私もそう思うわ」

その発想はなかった。でもルーナの言うとおり、毎回ルーナの別荘に行くのは気が引けるし、そろそろ家を持ってもいいかもしれない。それに三人でお金を出し合えばそれなりに良い家が買えるはずだし。

「わかった。じゃあ周りの人たちにも聞きながら家を探そう」

「うん!!」

「でも、誰に聞くの？」

「あ～。そうだなぁ……」

住みやすい家などを知っている人が身近にいるかといえばそうじゃない。ていうか、俺の周りっていうとロンドたち勇者パーティぐらいだし。

（は～。誰がいるか……）

「ギルドマスターのガイルさんか、国王ぐらいか？」

すると、二人はギョッとした表情になりながら言った。

「国王様に頼るのはちょっと……」

「うん。私もそう思うわ」

「そうだよなぁ」

じゃあガイルさんに頼るのが無難かなぁ。でもあの人もギルドマスターである以上、大変だろうし……。こう考えると、俺って人脈がないんだな。

その時、ルーナが肩を叩《たた》きながら提案してきた。

「メイソンがスタンピードを終わらせたんだし、ガイルさんに頼ってもいいんじゃないかな?」

「でもガイルさんだって大変だろうし」

「私たちだっていろいろと頑張ってきたんだし、これぐらいは頼んでみてもいいんじゃないかな?」

「そうよ! 少しぐらいは恩を返してもらわなくちゃね」

「まあそうだな」

一旦、行く場所が決まったので冒険者ギルドへ向かった。三人で雑談をしていると、あっという間にギルドの目の前に着き、中に入る。すると冒険者たちが俺たちのほうを向き、一斉にこちらに近寄ってきた。

「英雄が来たぞ!!」

「あの時はありがとう!!」

「あ、はい」

なんて言っていいかわからず、変な回答をしてしまった。

（前にもお礼は言われたし別にもういいのに）

その後も、いろいろと質問やお礼などを言われて受付までたどり着けない状況になっていた時、ガイルさんがこちらに近寄ってきてくれた。

「お前ら、メイソンたちを困らせるな。奥の応接室に案内する」

「ありがとうございます」

俺は全員に頭を下げて、ガイルさんの後に続くように応接室の中に入る。

（前はあんなに緊張したのに今は何とも思わないな）

「これが慣れか……」

「ん？　なんか言ったか？」

「いえ、なんでもありません」

そして、全員がソファーに座ったところでガイルさんが言う。

「それで依頼でも受けに来たのか？」

「いえ、少し頼みたいことがありまして」

「？　なんだ？」

俺はルーナやクロエのほうを一瞬向いて尋ねた。

「三人で住みやすい家を探していまして」

「は、は〜」

頭をかきながら俺たちのほうを見てくる。

「わかった。だがお前たちはもっと自分の立場をわきまえたほうがいい」

「え？」

すると、ガイルさんは淡々と話し始めた。

「メイソン、ルーナ様やクロエ様はどう見られている？」

ガイルさんから問われて、ルーナとクロエを一瞬見た後、頭に浮かんだ言葉を言う。

「王族……」

「そうだ。じゃあメイソンは何だ？」

「え？」

「え、じゃないよ。お前は周りからどう見られているかって聞いているんだ」

（一般人？　いや、流石《さすが》にそれはないだろう。じゃあなんだ？　冒険者か？　それは当たり前すぎて
……あ！）

「……」

「Aランク冒険者？」

「そうじゃないだろ。お前はAランク冒険者として見られているのか？　違うだろ？」

（いや、実際にはAランク冒険者だしそう思われていてもおかしくないよな？　それか……）

「英雄」

「そうだ。お前はもうそこらへんにいる冒険者じゃない。ランドリアやエルフ国、狐人国の英雄になっているんじゃないのか？」

「……」

ガイルさんの言うとおりだ。全員に言われていなくても一部の人からは英雄として尊敬されている。

そんな奴がおかしな行動や軽率な行動をしたら誰だって、不快な気分になるし、悲しくなる。

「だから、今後は行動一つ一つに注意を払えよ」

「ありがとうございます」

「じゃあ、本題に戻ろうか」

そう言って、複数の紙をテーブルの上においてくれた。それを俺たち三人はじっくりと目を通す。

すると、一枚の紙に目が言ってしまう。その時、ガイルさんがその紙を隠すように戻した。

「悪い、一枚変な紙が交ざっていたな」

「いえ、それよりもその物件を見せてもらいたいのですが」

「いやこの物件はちょっと」

「お願いします」

頭を下げて頼むと、渋々先程隠した物件の紙を見せてくれた。

「これの何がダメなの？」

「そうね。最低限大きな家で、物価も安い。良い家じゃない」

そう。ルーナやクロエが言う通りこの物件は非常によさそうである。先程チラッと見えただけでも
俺たちが買えそうな金額であり、家も大きい。悪い家とは思えなかった。

「いやそれが……」

「それが何なの？」

「この家にはアンデッドがいると噂《うわさ》されていてな」

「「「え？」」」

（アンデッドが住んでいる？　そんなことあり得るのか？）

離れとはいっても、ランドリア内の敷地にある家だ。

「それは本当なの？　嘘《うそ》じゃなくて？　だって、もしアンデッドが住んでいたらとっくに危ない状況に陥っているはずだけど……」

「そうね。流石にルーちゃんが言うとおり、私も嘘だとしか思えない」

二人の言うとおり、俺も事実とは異なるとしか思えなかった。もしこの物件にアンデッドが潜んでいるなら、流石に被害が出ているはずだ。それに冒険者や宮廷騎士たちが家に入ってアンデッドを討伐していてもおかしくない。

「アンデッドの討伐には行かなかったのですか？」

「行ったさ。でもいなかったんだ」

その言葉を聞いて、ルーナやクロエはホッとした表情になった。

「じゃあ噂程度ってことなのね」

「よかった」

すると、ガイルさんは辺りをキョロキョロした後、話し始めた。

「そう単純な話でもないんだ」

「え？　どういうこと？」

「簡単に言えば、この物件に住んだ人にしか見えないアンデッドがいるらしいんだ」

「だったら強い冒険者の誰かがこの家に住めばいいんじゃないですか？」

そう、誰かがここに住んでアンデッドを見つけ次第倒せばいいはずだ。

「それが、物件に住むだけじゃダメんだ。何かのトリガーがなくちゃアンデッドが出てこないらしくてな」

「は？」

（何かのトリガーってなんだよ!!）

「だから勧めたりしないし、何だったら住まないほうがいいとすら思っている」

「……」

ガイルさんが言うとおり、安全性がないのなら住まないほうがいいのかもしれない。そう思い、俺が断ろうとした時、ルーナが物件の紙を手に取った。

「私はこの場所に住んでみたいわ」

「「え？」」

その言葉を聞き、俺とクロエは唖然《あぜん》とする。

「ルーちゃんってもしかしてオカルト好き？」

「まじで……」

別に人の好き嫌いを言うつもりはないが、流石にルーナの好みだけで住むわけにはいかない。ルーナは好きであっても、クロエは好きじゃないかもしれない。だが、俺とクロエが考えていたのとは違い、ルーナは両手を横に振りながら弁明した。

「違う違う!! もし、本当にアンデッドが住んでいるなら私たちが退治してあげようよ。そうすれば住民のみんなも安心できるしね。それにはっきり言って私たちが最適だと思うの」

「最適って」

「だって、私たちぐらい強いパーティでこんなところに住みたいと言う人がいないじゃない？ だったら私たちがやるしかないかなって」

（あ～）

ルーナの言うのも一理ある。俺たちより強いパーティはお金も持っているはずだから、もっといいところに住んでいるに違いない。逆に言えば、俺たちより弱いパーティはアンデッドを倒せるとは限らないからこの家には住まない。

結局この家は解決されることなくずっとこの状態であり続けるのかもしれない。なら、ルーナの言うとおり、俺たちが住むのもありかもしれない。

「まあ、ルーちゃんがそう言うならいいけど、メイソンはどうなの？」

「俺はいいよ」

「じゃあ決まりね!!」

三人でこの家に住むことが決まったところで、ガイルさんが唖然とした表情になっていた。

「本当にいいのか？ メイソンたちならもっといいところも選べるのに」

「いいんですよ。それに、もう三人で決めたことなので」

「そうか。じゃあ今から案内しよう」

「ありがとうございます」

その後、全員で来賓室を後にして、いわくつき物件のところに向かった。

この時の俺たちは、本当の意味でアンデッドがいるとは信じてはおらず、物件で何が起こるのか予想もしていなかった。

ガイルさんの後を数十分ほど歩くと、住居が徐々に減っていくのが分かった。それに加えて徐々に空気が重くなっていくのを感じた。

（なんなんだ？）

ランドリアの敷地にいるとは思えないほどの空気の重さ。この場所がまとっている空気は、ダンジョンとかとそこまで遜色《そんしょく》がない。はっきり言って、モンスターが出てきてもおかしくないとすら感じる。

俺がルーナやクロエのほうを向くと、どちらも血相を変えていた。そこで、俺はガイルさんに質問をする。

「本当にここら辺に住居があるのですか？」

「あぁ。もうすぐ着くぞ」

「わかりました」

そこから数分程歩いたところで、大きな屋敷を目にした。ルーナが所有している別荘と遜色がないほどの大きさであった。外装には木の枝などがまとわりついていて、誰も手入れをしていないのが分かる。

「着いたぞ」

「ここが書類に記されていた屋敷か」

先ほどから感じている重い空気がドッと襲ってくる。それはルーナやクロエ、そしてガイルさんも感じているようで顔色が徐々に悪くなっていた。

「本当にアンデッドがいてもおかしくないわね」

「うん。書類を見た時は半信半疑だったけど、この空気感を感じたら嘘ってわけでもなさそう」

クロエやルーナが言うとおり、アンデッドがいてもおかしくないとすら感じる。何なら、アンデッドがいなくちゃこの空気がどこから引き起こされているのかわからなくなる。

「じゃあ中に入ろうか」

「「はい」」

ガイルさんに言われるがまま、中に入る。すると、先程まで感じていた重い空気がより一層増した。

（やっぱりここには……）

そうとしか思えなかった。そこから、ガイルさんに案内されるがまま一室ごとに中へ入る。最初は一階にある食堂と来賓室。そして風呂場を案内されて、次に二階へ続く階段を歩いていると一つの部屋から背筋が強張《こわば》るほどの空気感を感じる。

（!?）

それはルーナやクロエも感じていた。だが、ガイルさんだけは先ほどと同様に平然としている様子であった。

(何回も来ているからなのか?)

そう思いながら、二階にある四つの部屋を徐々に案内されていった。まず最初に入った部屋は、普通の部屋って感じであり、さほど重たい空気を感じなかった。それは、二室目、三室目も同様であったが、四室目に入ろうとした時、俺とルーナ、クロエは後ずさりながら中へ入るのをためらってしまう。

そこで、二人と目が合った。

「なんかこの部屋……」

「ルーちゃんの言いたいことわかるよ。私もこの部屋に入ってはいけないって直感が言ってる。メイソンは?」

「俺も二人と一緒だ」

すると、ガイルさんが首を傾《かし》げながら尋ねてきた。

「俺は何ともないが、三人は何か感じているってことだよな?」

「「「はい」」」

ガイルさんがギルドで言っていたとおりなら、物件と契約をして、何かしらのトリガーを満たしたらアンデッドが現れるはず。だが、今の俺たちはまだ屋敷の下見であり、この物件と契約もしていない。それに加えて、屋敷に入ったばかりのため、トリガーを満たしたとも思えない。

（どうなっているんだ？）

「一旦引き返すか？」

「俺は引き返さなくて大丈夫ですが、ルーナやクロエが引き返したいと言うなら……」

そう。ここまで来たのなら引き返さなくていいと思うが、ルーナやクロエが引き返したいと言うなら引き返してもいいと思う。この部屋に何があるかわからないし、最優先はルーナとクロエの安全だから。

すると、ルーナとクロエが揃《そろ》って答えた。

「私も大丈夫です」

「私も」

「そうか……。三人がそう言うなら中に入ろうか」

そして、ガイルさんが部屋の取っ手に手をかけて扉を開ける。そして全員で中に入ると、そこは先程入った三つの部屋と変わらない内装になっていた。

（？？）

首を横に傾げながらルーナやクロエのほうを向くと、二人とも俺と同様の様子になっていた。そこから、全員で部屋の内部を一つ一つじっくり見る。だが、どこもおかしな点など見つからなかった。

「どうだ？　何かおかしな点でもあったか？」

「いえ、何もありませんね。二人は？」

「私もわからない」

「私も」

すると、ガイルさんは首を傾げながら言った。

「じゃあ、一回来賓室に戻ろうか」

「「「はい」」」

そして部屋を後にしようとした時、一瞬だけ壁側から魔力を感じた気がしたため、俺はすぐさま壁のほうを向く。だが、先程の感じたものがなくなっていた。

「どうしたの？　メイソン」

「いや、なんでもない」

「そっか。じゃあ戻ろっか」

「あぁ」

扉を閉めて全員で来賓室に入り、椅子《いす》に座った時ガイルさんが言う。

「それでどうする？　この物件を買うか？　俺はあまりオススメしないが……」

「……」

俺もあまり住みたいとは思えない。だが、ルーナは違ったようだ。

「私はこの家を買ってもいいと思う。やっぱりギルドで言ったとおりこの屋敷をどうにかできるのは私たちだけだと思うから」

「……。そうね」

「わかった」

「じゃあ、この紙にサインを頼む」

するとルーナやクロエが俺にアイコンタクトをしてきた。

（あ、俺がサインする感じね）

そう思いながら渋々サインする。

「金はまけておくようにオーナーに頼んでみるよ」

「「ありがとうございます」」

その後、ガイルさんから軽い物件の説明を受けて屋敷を後にしていった。

（はぁ……）

これで一応は俺たちの拠点もできたってことだよな……。まあ、素直に喜ぶことができないけど。

そこから三人で軽く夕食を取って、俺は先に部屋に戻り就寝しようとした時、ルーナとクロエが俺の部屋に入ってきた。

「⁇」

つい二人のことを呆然《ぼうぜん》と見てしまった。すると、二人とも少し顔を赤くしながらこちらに近寄ってきて、ルーナとクロエが顔を見合わせる。

「「今日、一緒に寝てもいい？」」

「え……」

また一緒に寝るって。流石にそれは……。前回は、スタンピードが終わった直後だったことやロンドと仲直りしたことから、お互いが精神的に不安だと思ったからこそ了承した。

だけど、今回はそういうわけでもない。強いて言えば、この家に不安材料があることだが、やばいと思った部屋で寝ているわけでもなし、ルーナとクロエに至っては食事の時、一緒に寝ると言っていたはずだ。

(なのになんで俺の部屋に?)

俺がそう思いながら、二人のことを見ているとルーナが話し始める。

「メイソンが驚くのもわかるけど、やっぱりクーちゃんと話して、初日は何があるかわからないから三人で一緒に寝たほうがいいかなって思って……。ね? クーちゃん」

「ええ。メイソンは一人で寝るのだからもしかしたら危ない状況に陥る可能性もあるし、それは私たちにも言えることだから」

「でも流石に……」

そう。すでにルーナと俺の間で婚約者にならないかって話が出ているけど、ルーナもクロエも一国の王女。そんな貴人と一緒に寝るというのは……。それに、前一緒に寝た時はまだワーズさんが屋敷にいた。

(だけど今は……)

「前も一緒に寝たじゃない!!」

「そうよ」

「……」

(いやね、心の準備が……)

一回経験したからって、慣れるわけではない。すると首を傾げながら、少し暗い顔をしてルーナが尋ねてくる。

「私たちと寝るのがそんなに嫌？」

「ち、違う！　だけどさ、お互いね？」

お互い立場もあるし、それ以外にも……。

「大丈夫だよ。それは多分クーちゃんも同じ……」

なぜかルーナは顔を赤くしながらクロエと俺のことをチラチラと見てきた。

「私も大丈夫。だからね？　お願い」

「……。わかった」

「や、やった〜。また一緒に寝られるね!!」

「えぇ!!」

（はぁ〜）

ていうか、ルーナもクロエも誤解を生むような言い方をするから、何度も一緒に寝るって言わないでほしいなぁ。俺とルーナやクロエに男女の関係はないんだからさ!!　もしそんな関係だったらとっくに結婚だってしているさ!!

「じゃあ、俺は床で寝るから二人はベッドを使ってもいいよ」

前回一緒のベッドで寝た時はあまり睡眠が取れなかったから、今回は同じ部屋でも寝る場所は変えようと思った。だが、俺の言葉を聞いたルーナとクロエはなぜかしかめっ面《つら》になった。

「一緒に寝なくちゃ意味がないじゃない!!」

「そうよ」

「いや、でもお互い危険を察知したら助けられる距離を保てればいいかなと」

(それ以外にも俺の理性を保つ意味もあるけど)

前回一緒に寝た時もそうだが、二人はもっと自分の魅力に気づいたほうがいい。顔は可愛いし胸はでかいしスタイルは良い。それ以外にも横で無防備に寝ている美女に何もできないで我慢している俺の身にもなってほしい。

「それじゃ意味がないじゃない!! お互い瞬時に助けられる距離が必要なの!!」

「ルーちゃんの言うとおりよ!! 私とルーちゃんだけが近い距離で寝ていても意味がないじゃない!!」

「でも……」

(ちょっとは俺のことも……)

そう思ったが、それはすぐに否定される。

「「でもじゃない!!」」

「はい……」

「「よろしい」」

すると、ルーナとクロエに手を引かれながらベッドに連れていかれ、布団の中に入る。

「これでまた一緒に寝られるね」

「えぇ。パーティメンバーなんだから一緒に寝るのなんて当たり前だよね？」

「いや、当たり前ではないと思うけど」

「ん？　聞こえなかったなぁ～？　当たり前だよね？」

「あ、当たり前です」

クロエ、ここ最近少し押しが強いっていうか……。

「じゃあ寝よっか!!」

「えぇ」

「うん」

そして、電気を消して就寝をしようとした時、両手にルーナとクロエが抱きついてくる。

（だから……）

少しは俺のことも考えてほしい。そりゃあ二人にくっつかれるのは嬉《うれ》しいに決まっている。だけど、夜でベッドの中っていう時点で理性を保つのが大変なんだよ……。

だが、二人のことを見ると、なぜが満面の笑みでこちらを見てきながら目をつぶったため、先程まで考えていたことが頭から徐々になくなっていきながら俺も就寝した。

◆◆◆

「ガタガタ」

「⁉」

「ガタガタガタガタ」

「⁉」

何かの物音で目を覚ます。すぐさまルーナとクロエのことを見るが、二人ともまだ寝ているようだった。

(よかった……)

二人が無事であることを確認して、一旦ホッとする。だが、何の音なんだ？　そう思いながら、耳を澄ませる。すると、あそこの部屋の方向から音がした。

「ガタン!!」

と何かものが落ちる音がした。それと同時にルーナとクロエも目を覚ます。

「え？」

「なんの音なのかしら？」

「わからない」

そう思いながら、俺がベッドから出ようとした時、また音が聞こえた。

すると、ルーナがビクッと体を震わせながら俺の腕にがっしりとくっついてきた。

(ちょっとルーナさん⁉)

「ルーナ……」

「こ、怖くないもん……。怖くはないけど、ないけどさ!!」

「あ～うん」

今の会話を聞いていたクロエはなぜかひらめいたって表情になりながら、ルーナがくっついている腕とは逆の腕に抱きついてくる。

「わ、私も怖い」

「嘘をつくな」

俺は、耳に当たらないようにクロエの頭を軽く叩く。その瞬間、俺の手を摑《つか》んで、頭の上において自ら撫《な》で始めた。

「えへへ～」

「え？　ちょっとクロエさん？」

「何？　いま、大事なところだから話しかけないで」

「あ、はい」

（なんなんだ今の状況は……）

左側ではルーナが怯《おび》えながら上目遣いでこちらを見てきていて、右側ではクロエが自由気ままに俺の手を使いながらクロエ自身の頭を撫でている。

（ルーナはともかく、クロエは今陥っていることを理解しているのか？）

その時、先程からしていた音が止まった。

「えっと、メイソン？」

「あぁ。止まったな」

そして俺がそっと左手を戻すと、クロエはシュンとした表情になった。そして、俺のほうを向きながらボソッと言う。

「あ……」

「……。ちょっとあの部屋に行ってくる」

「ま、待って!!」

そう言いながらルーナが右腕にがっしりとしがみついてくる。先程からほのかにルーナやクロエから甘い香りが来ていたが、より匂《にお》いが増した。それに加えて、右腕によりいっそう柔らかい感触がやってくる。

「どうした?」

(大丈夫。俺は大丈夫)

自分に言い聞かせ、平常心を保つように努力しつつルーナに声をかける。

「私も一緒に行く」

「じゃあ私も行くわ」

「えっと、クロエはともかくルーナは大丈夫なのか? 怖かったらここにいてもいいんだぞ?」

先ほどの仕草から、クロエは怖がっていないがルーナは違う。誰にだって怖いものはある。だからこそ無理についてくる意味も無いと思った。

「大丈夫……。それにメイソンが危ない目に合うほうが嫌だし……」

「そっか。じゃあ行こうか」

俺がまず布団から出ると、すぐさまルーナも続いて俺の腕にくっついてくる。そしてクロエも続くように俺にくっつく。

(絶対にクロエは俺の表情を見ながら遊んでいるだろ!!)

嬉しい、嬉しいけどそれを今やらなくてもよくないか？　ルーナ見ろよ。さっきからずっと怯えながら俺のことを見ているじゃないか。こんなにも二人の対応が変わるとは思いもしなかった。

「はぁ～。じゃあ行くよ」

「う、うん……」

「えぇ」

深呼吸を入れて、部屋の扉を開ける。すると先程、音がしていた部屋の方向から寒気がやってきた。それは、ルーナとクロエの感じているようで、クロエも先程までおちゃらけていた雰囲気から一変して、真剣な表情に変わった。

俺たちは徐々に寒気を感じている部屋へ向かい、入り口のドアに到着する。

(あれ？　思っていたよりも……)

そう思いながらもルーナとクロエのほうを向き、互いにアイコンタクトを済ませた後、扉を開けた。

そこは先程まで感じていた寒気がなく、いたって普通の部屋であった。

(は、どうなっているんだ?)

何も手掛かりがない……。そこで、一瞬もしかして俺たちの勘違いだったのではないかと思った。

(いや、そんなことあり得ない)

俺だけならともかく、ルーナやクロエも同じく感じていたはずだから。だから、俺たちは部屋の中を隅々まで調べ始めた。だが、何も得られる情報がなかった。

「ねぇ、私たちの勘違いだったの？」

「いや、そんなことないはずだ」

「そうよ。もし勘違いだったらさっきまで音は何だったのよ」

クロエの言うとおりだ。俺も勘違いかと一瞬考えたが、先程までしていた音が何だったのか説明がつかない。

（だけど、手掛かりがない……）

そこでふとこの屋敷について、ギルドマスターから言われたことを思い出す。

【何かのトリガーを達せれば、アンデッドが現れると】

でも、トリガーってなんだよ。さっきから全員でこの部屋を隅々まで調べているけど、トリガーっぽいものなんて一つも見当たらなかった。それなのに、今からトリガーを見つけるなんて無理だろ……。

そう思った瞬間、この部屋に初めて入った時のことを思い出して、あの時魔力を感じた壁に近づく。

すると、そこには目を凝視してやっとわかる程度の金属片が落ちているのを発見した。

そこでハッと思う。

（もしここがさっきから音のしていた場所だとしたら）

俺は金属片が落ちている近くの壁に向かって、魔力を注ぐ。

「え？　なにしているの？」

「そうよ！　メイソン何しているの？」

二人が驚きながら俺に尋ねてきたが、すでに遅かった。壁がゆがみ始めて、俺は壁に飲み込まれるように中へ引きずり込まれていく。

「ルーナ、クロエ！」

「「メイソン!!」」

手を伸ばしながらルーナとクロエの手を掴もうとした時には、体全体が壁に飲み込まれて行き、先程までいた部屋から別の場所に移動させられていった。

「ここは……？」

あたり一面、暗くて見えない状況になっていた。

（明かりが欲しい……）

だけどどうすればいいんだ？　今の状況でアンデッドに攻め込まれても対処するのが確実に遅れる。

かといって、光魔法は使えない……。今使える魔法の中で、唯一安全に明かりが出せるのは火玉《ファイアーボール》。

（だけど、もし今いるところがガスで充満していたら？）

そう考えると何も行動をとることができなかった。

（クソ!!）

その時、奥のほうから物音が聞こえた。そしてその音が徐々にこちらに近づいてくる。

（どうすればいい……？）

後ろに一旦後退しつつ、歩いてくる何者かから距離を取ると、誰かとぶつかった。

「え？　誰？」

「その声……。ルーナか？」

「え、メイソン!?」

「あぁ」

すると、ルーナが勢いよく俺に抱きついてきた。

「こ、怖かったよぉ～」

「あ、ごめんな」

だけど何者かの音が徐々に近づいてきているのが分かる。

「ルーナ!!　光《ライト》を使ってくれ」

「え!?　わ、わかった」

そして、すぐさまルーナが光を使うと、あたり一面が軽く見えるようになった。

(これである程度戦える)

そう思いながら音を鳴らしながらこちらに近づいてくる何者かと戦闘する態勢を取ろうとするが、ルーナがくっついている状況で思うような態勢をとることができなかった。そのためルーナに
「ちょっと離れてくれる？」

「む、無理!!」

「じゃあ、ここにきて」

「う、うん」

そう言って、俺の右胸に抱きつくようにさせて左手は使えるようにした。そしてそこから数分も経《た》たないで音がもう目の前まで来ているというのが分かった。

「近いね……」

「あぁ」

お互いが身構えながら何者かが目の前に来るのを待つと、聞き覚えのある声が聞こえた。

「やっと追いついた!!」

「「え!?」」

今まで何度も聞いてきた声が目の前から聞こえてきた。

「なんで徐々に距離を取っていくかなぁ……」

「ク、クロエ……?」

「うんそうだよ?」

「なんで俺たちの位置が分かったんだ?」

そう、ルーナと合流するまであたり一面が真っ暗で明かり一つない状態。そんななか俺に近づいてきた。そして、ルーナと合流して光《ライト》を使ってくれたが、俺とルーナが近づいてやっとわかる程の明かり。

(そんな中でなんでわかったんだ?)

「私の種族を忘れたの?」

「「あ!!」」

それを言われて納得する。狐人族なら耳も普通の人間の数倍は良いはずだ。それなら俺たちの声などを頼りにこちらに近づいてきてもおかしくない。

「それでルーちゃんはなんでメイソンに抱きついているの？　約束忘れたの？」

「ち、違うよ!!　でもこ、怖かったんだもん……」

「そう。まあいいけど」

「ごめん」

（約束ってなんだ？　俺知らないけど……。もしかして、俺だけ仲間外れにされている系か？）そうだったら悲しいな……。

「それよりも、早くここから脱出しなくちゃだよ」

「あぁそうだな」

クロエの言うとおり、この場から抜け出さなくちゃいけない。はっきり言ってこの場は危なすぎる。あたり一面見えない状況であり、尚且つどこにいるかすらわからない状況。そんな状況でアンデッドと戦っても勝てる保証はない。

「クロエ、今いる場所ってガスとかが充満してたりするか？」

「しないと思うけど。でも狐人族って耳が良いだけで、臭いまではわからないわよ」

「そ、そうだよな」

一か八か火玉《ファイアーボール》を使うっていうのも一つの選択肢ではあるが、

もしそれで爆発でもしたら三人とも無事では済まない。

(どうすればいいんだ……)

「だったら風切《エア・カッター》を使えば?」

「え?」

「今充満しているかもしれない気体をこの場から無くせば火玉《ファイアーボール》を使えるんだから、まず風切で無くしてから使えばいいじゃない」

「あ～」

言われてみればそうだ。その考えには至らなかった。使えないって考えじゃなく、使えるようにするって考えをすればよかった。

俺はすぐさま風切を使い、あたり一面の空気を換えたのち、火玉を使って明かりを照らした。するとそこは、正方形の部屋になっていた。

「なんの部屋なんだ?」

「わからない。でも普通じゃないっていうのはわかるわね」

「あぁ」

クロエの言うとおり、この部屋が普通じゃないのは一目瞭然だ。何もない家具。そしてあたり一面が真っ白。奥には扉が一つだけある部屋になっていた。

「まずはこの部屋から出ようか」

「えぇ」

「うん」

そう言って扉のほうへ全員で歩いていき、扉に手をかけようとした時、ルーナが俺とクロエの手を握りその場で立ち止まった。

「ちょ、ちょっと待って」

「どうした？」

「いや、一旦深呼吸をさせてほしいなって思って」

「あぁ」

そして、ルーナが何回か深呼吸をして、アイコンタクトで扉を開けていい、と合図を示してきたので扉を開けた。

（!?）

扉を開けた先から、異臭が一気に押し寄せてくる。部屋には数十にわたる死体が転がっていて、目の前の光景を見たルーナとクロエは茫然とした表情をして固まっていた。

「どうなっているの？」

「わからない。でもここにいる死体には、クエストの依頼を受けた人たちが含まれているのは確かだと思う」

鎧《よろい》を着ている人やそこらへんに武器が落ちている。それだけでもクエストを受けた人の死体だとわかる。

（それにしても多い……）

ガイルさんから聞いている情報でもここまでの死体があるとは思いもしなかった。それに加えて、冒険者らしい人物じゃない人も数人含まれている。

こんなに人が死んでいるのになんでランドリアでは公《おおやけ》になっていないんだ？　ここまでの死人が出ているなら国が動いてもおかしくない。それなのに冒険者ギルドしか動かないということは何かカラクリがあるのかもしれない……。

「一旦、あたりを探索しよう」

「えぇ」

「うん」

三人で死体を避けつつ、部屋の内部を探索し始める。だが、あたり一面が死体だらけな上、異臭がきつすぎて集中力が散漫してしまう。そんな中、クロエが床を指さして言った。

「ここ、何かおかしくない？」

言われるがままその場に向かうと、クロエの言うとおり指さされた一面だけ空気が流れているのが分かる。

「二人ともちょっと離れていて」

二人がこの場所から少し距離をとった後、俺は風切《エア・カッター》を使う。すると、案の定床が壊れて階段を発見する。

「……。行こうか」

そう言って、三人で階段を下りていく。最初は異臭が徐々になくなっていったが、それに比例していくごとに空気が重くなっていた。そして、先程まで感じることすらできなかった殺気も空気が重く感じていくのと同時にのしかかってくる。

「二人とも大丈夫？」

「大丈夫よ」

「私も大丈夫」

二人とも大丈夫とは言っているが、表情が強張っているのが見て分かる。

（ここは本当になんなんだ？）

そこから数分歩いたところでやっと階段を下りきり、目の前にある一つの扉を開ける。そこには老人の狐人族が椅子に座ってこちらを見ていた。すると、なぜか涙を流し始めた。その光景を見て、第一声に声を上げたのはクロエだった。

「クロエ？」

「え、でも……」

「クーちゃん？」

クロエは目の前の光景が信じられないような表情をしながら、瞬きを一切せず一点集中していた。

「ごめん。でもこの人って……」

「誰か知っているのか？」

「この人は……。一族の中で、最強とうたわれている魔法師。いや、英雄ともいわれていたわ。でもこの人ははるか昔に死んでいるはず」

「死んでいるって、今生きているじゃないか」

クロエの言うとおりならおかしい。死んでいる人を蘇《よみがえ》らせることはできる。それこそ俺が使える死者蘇生《そせい》がその例だ。でも、死者蘇生で蘇らせた死体は無表情で命令されて動くことができる。だが、今目の前にいる狐人族の人は涙を流していたことから、無表情とはいいがたかった。

「わからないよ。でもなんでこんな場所にこの人が……」

その時、狐人族の人が話しかけてきた。

「そこのお嬢さん、シャーリック家の人だよね？」

「え？　はい。そうです」

「今から言うことをきちんと聞きなさい。私が平常心を保てる間に」

（平常心が保てるってどういうことだ？　俺が使える死者蘇生とは違う方法で蘇ったってことなのか？）

だとしたら……。

「なんで生きているのですか？」

「いいから聞きなさい!!」

そして淡々と狐人族の人が話し始めた。

「あまり時間もないから本題に入らせてもらう。私は魔族の魔法によって蘇ってしまった。だが、意識があるってことはわかるよな？」

「……」

「簡単に言えば、死者蘇生の強化魔法を使える魔族が現れたってことだ。こう言えば意味が分かるよね?」

「もしかして!!」

ここでやっと、ルッツから言われたことを思い出した。あの時は、もう少し先になるだろうと軽く流してしまったが、今目の前に成功している人物が居るってことは。それを考えるだけでゾッとしてしまった。

「私もまだ完成版というわけではない。だからこのことを伝えてきてくれ。頼む……」

そう言いきった瞬間、老人に異変が起きた。

「逃げろ……。頼む。お前たちを殺したくない」

「「え?」」

すると、老人がこちらへ徐々に近づいて、一瞬で目の前から消え去った。そして、俺の左腹部に鈍痛が走る。

「!!」

俺はすぐさま左側に風切《エア・カッター》を使うが、老人には当たらず、一瞬にして目の前に現れた。

「は?」

意味が分からない。避けられるタイミングではなかったはず。それなのになんで……。

「頼む。逃げてくれ。俺はお前たちを殺したくない。ましてや同族なんて……」

「だったら攻撃を止《や》めてください。俺たちもあなたを殺したくはない」

「それができないんだ。意識とは関係なく体が勝手に動くんだ」

「……。クソ!!」

どうすればいいんだ……。そう考えている時、もう一度老人が目の前から消え去った。

またしても一瞬のうちに俺の背後を取ってきて、攻撃を仕掛けてきた。それをギリギリのところで避けようとするが、一歩遅れて軽く攻撃を受ける。

「どうなっているんだ……」

目の前から一瞬にして消えて距離を詰めてきたと思ったら、次の瞬間にはまた俺から距離を取られている。本当にどのようなカラクリなのかがわからない。

「クロエ、この人はどんな魔法を使う人なんだ?」

「バカルさんは空間転移を使う人なの」

「は?　転移魔法って」

そんな魔法が使える人が本当にいるのか。転移魔法っていえば、神話にすら出てくる魔法の一つだ。

だが、今までの行動を思い返してみれば、一瞬に消えたりするのも空間転移といわれれば納得する。

(でも、そしたら俺は勝てるのか?)

はっきり言って、この人は俺みたいな英雄とは違い、真の英雄だ。もしくは神話の人物に匹敵する。

そんな人に略奪を使ったとしても空間転移を使って避けてしまう可能性が高い。

「クロエ、少しだけ時間を稼いでもらうことはできるか?」

「え?　良いけど」

「助かる。ルーナ、ちょっとこっちに来て」

「う、うん？」

その時、バカルさんが俺とルーナの間に転移してきて、こちらに攻撃を仕掛けてくるが、今回は目の前に現れてくれたことからうまくさばくことができた。そして、引き下がろうとした瞬間を見逃さず、クロエがバカルさんに攻撃を仕掛ける。

「今しか時間は稼げないからね」

「あぁ」

そこで、クロエから一旦距離を取ったところで話し始める。

「バカルさんが攻撃してきた瞬間、守護《プロテクト》で守ってほしい。その瞬間に俺がバカルさんからスキルを奪うから」

「で、でも攻撃が来る場所なんてわからないよ」

「無責任なことを言うようだが、信じている。強いて言えば全方位に注意をしていればルーナなら何とかなると思う」

「うん。わかった」

話が終わったところで真っ先にクロエの元に戻り、位置を入れ替わる。はっきり言って、今の状況で勝てる未来は見えない。魔剣は屋敷に置いてきているし、クロエの武器も同様だ。だからこそ、さっきの作戦で決めきらなくてはいけない。

そして、一度目の攻撃が俺にやってきた。その瞬間ルーナが魔法を使うが、バカルさんが転移してきた方向とは真逆のほうに使ってしまい、脇腹に激痛が走る。

「ぅぅ……」

「「メイソン大丈夫!?」」

「大丈夫だから続けよう」

すぐさま自動回復《オート・ヒール》を使うが、二度目、三度目と攻撃を受けてしまい、回復が追いつかない。

「はぁはぁ」

すでに肩で息をしている状態であった俺を見たルーナやクロエは、すぐにでもこちらに近寄ってきそうな表情をしていた。そしてこちらに近寄ってこようとしていたのを止める。

「続けよう」

「「でもこのままじゃメイソンが死んじゃう!!」」

「それでもだ。結局バカルさんを止めない限り俺たちはここから出る方法がわからないままだ。だったら戦うしかない」

「「……」」

本当に情けない。二人と行動するようになって、人一倍この二人は不安にさせたくないと思っていた。だが、今の状況は何だ？　二人を不安にさせているのは、紛《まぎ》れもなく俺の力不足だ。

それに加えて、俺は何も行動することができず、結局はルーナだよりになって負担をかけている。

（なんで俺はこんなに弱いんだ……）

自分自身に嫌気がさす。そう思っていた瞬間、バカルさんが俺にまたしても攻撃をしてくる。

「グハ……」

まだ、バカルさんが身体強化のみしか使えなくて本当に助かった。もし、攻撃魔法でも使ってきたりしたらとっくに死んでいたに違いない。

そこでふと思う。もし、バカルさんを蘇らせた魔法が完成したらと考えると、ゾッとする。その後も、さばききることができず、何度も攻撃を受ける。そして意識が朦朧《もうろう》として、あと一撃でも受けたら意識が飛ぶという瞬間の時、バカルさんが俺に攻撃を仕掛けてきた。その時、ルーナが俺に全方位の守護《プロテクト》を使ってくれて、一瞬バカルさんが怯《ひる》む。

それを俺は見逃さず、略奪を使用する。
・空間転移（小）
・身体強化（大）
その瞬間、バカルさんから先程まで感じていた殺気がなくなっていくのが感じ取れた。

「殺ってくれ。頼む」

「……」

ハッキリ言ってクロエと同族の人物なんて殺したくない。ましてや、バカルさんが悪い人間ではなく、俺たちに寄り添ってくれた人だ。そんな人を殺すなんて……。

「君が気に病むことじゃない。むしろ感謝している。だから頼む」

「わ、分かりました」

俺がバカルさんに対して波動拳を使い、体を貫通させた。その瞬間、バカルさんの体が徐々に崩れ落ちていった。

「本当に助けてくれてありがとう。君のスキルはわからないが、君なら私が目指していた英雄になれるかもしれない。いや、俺にとってはすでに英雄だよ」

「え？」

「私は見ず知らずの人を殺すことなんてしたくなかった。だから止めてくれてありがとう。そしてシャーリック家のお嬢さん……」

バカルさんの最後に言おうとした言葉が聞こえないまま、消え去ってしまった。その瞬間、一斉に屋敷へ転移させられた。

「戻ってきたね……」

「あぁ」

「うん」

アンデッドを倒して屋敷には戻ってこられた。だけど、気分がすぐれるとは言い切れなかった。本当ならアンデッド討伐を達成して、すがすがしい気分になっていてもおかしくない。だが、今回に至ってはバカルさんが悪いというわけではないから複雑な気分であった。

「先に寝るね」

「うん。でもメイソンの所為《せい》じゃないからね……」

「わかってるよ」

そして、二人と別れて自室に戻りベッドの中に入る。ハッキリ言って今クロエの顔をまじまじと見ることができなかった。なんせ俺はクロエと同種族の人を殺したのだから。

そりゃあ、バカルさんは死んでいたさ。でも死んでいたからといって、自我のある人を殺したんだから人殺しと一緒だろ。それもバカルさんが悪い人というわけではなかったのだから。

(クソ!!)

ベッドを一度叩いてしまう。どう気持ちに整理をつければいいんだよ!! クロエは俺の所為ではないと言ってくれていた。それはわかっているさ。バカルさんに殺してほしいと言われていたのだから。

でも、でもさ。俺は人を殺すために力を手にしたわけではないんだ。周りの人を助けたい、笑って暮らせるような世界を作りたいから力を手に入れたいと思ったんだ。でも今の結果はどうだ? クロエは複雑そうな表情をしていた。それはルーナも同様だった。

(それなのに、俺の目的が達せられたといえるのか?)

正解の行動をとったとはわかっている。だけどさ……。その時、部屋の扉にノックをされた。

「メイソン、ちょっといい?」

「あぁ」

扉のほうを見ると、クロエがゆっくりと中へ入ってきた。そして俺の隣に座った。

「メイソンありがとね」

「え?」

(なんでお礼を言われるんだ?)

俺は同種族を殺したんだぞ? それもあんなに優しい人を!! それなのに……。

「私だってバカルさんが死なない方法を模索すればよかったとは思っているよ。でも、あの場でそのような行動が取れたかといえばそうじゃない。それにね。人を殺すのだって一つの救いだと思うの」

「人を殺すのが一つの救い？」

言っている意味が分からない。絶対に生きているほうがいいに決まっているじゃないか。

「バカルさんはなんて言っていた？　元々死んでいる人だけどさ、あの人は実際メイソンに倒してもらえなかったら生き地獄になっていたと思うよ」

「……」

「だってそうじゃない。自我を持っているのに自身の体を誰かに操られて殺したくもない人を殺す。それって誰よりも残酷なことじゃない？」

（!!）

クロエの言うとおりかもしれない……。俺がもしバカルさんの立場だったとしたらどうだ？　目の前にクロエやルーナが現れて殺してしまう。そう考えるとゾッとする。そうじゃなくても見ず知らずの人を殺すっていうのすら俺だったら嫌だ。それはバカルさんも一緒だっただろう。そう考えたら少しだけ気持ちが楽になった。

「そうだな」

「そうだよ!!　だからメイソンが悪いわけじゃない。バカルさんだってメイソンを恨んでなんていない!!　絶対に感謝していたに決まっているよ」

バカルさんは最後、俺に殺してほしいと言ってきた。それは、今の立ち位置から解放してほしいって意味だったのか……。

「ありがとな」

「うん!! もっと前を向こうよ。あの行動はメイソンにしかできなかったんだよ。生きている人だけじゃなく、死んでいる人にも手を差し伸べることができる人なんだからさ」

「……。本当にありがとう」

するると、いきなりクロエが俺の頭を胸に押しつけてきた。

「誰かに頼ったっていい。一人で抱え込まないで。私やルーちゃんはずっとメイソンの仲間なんだから。逆に頼られないほうが私たちは悲しいよ」

「じゃあ、今だけ。今だけ少しだけ頼む……」

俺はクロエの胸の中で涙を流す。

(俺って本当にバカなんだな)

なんでも一人でやろうとして、一人で抱え込む。だけど、クロエの言うとおり誰かに頼られないのは悲しいし、一人で抱え込まれると距離を取られたようになる。

(こんなに身近に頼れる存在が居たのにな)

俺は助けるべき人を助けたんだ。どんな手段を取ったとしても悩む必要なんてない。もし悩むことがあったら、クロエやルーナに相談をすればいい。

「ありがとな」

「うん。気持ちの整理は着いた?」

「あぁ。本当に助かった。クロエがいなかったらこんなに早く立ち直れなかったと思う」

するとクロエが満面の笑みになる。

「そ。じゃあ貸し一ね!!」

「え？　貸しって……」

「いいじゃない!!　そこまで変なお願いをするつもりはないんだし」

「ま、まあそれなら……」

そして、ベッドに入ろうとした時、扉が開いた。

「クーちゃんだけ一緒に寝るのはずるい!!　私だって怖いんだから一緒に寝る!!」

「寝よ寝よ。三人で寝たほうが安心するしね」

(いやいや、俺はいろんな意味で安心しないよ??)

「うん!!」

「じゃあ俺は床で……」

「「ダメ!!」」

「はい……」

こうして、バカルさんと会う前の状態に戻ってベッドで就寝した。

(やっぱり全然眠れなかった……。いや、眠れるほうがおかしいよね!?)

だって右側にはクロエ、左側にはルーナがいるんだよ。それも誰が見ても絶世の美女。そんな人と添い寝してたら、男なら誰もが寝られるはずがない。何なら、今回も手を出さなかった俺を褒めてほしいぐらいだよ。

そう考えながらも、ルーナとクロエの寝顔を見ていると、クロエが先に目を覚ました。

「寝られなかったの？　やっぱり昨日のことが……」

「いや、違うよ。クロエが気にすることじゃないからさ」

昨日のことは関係ない。もっとねぇ……。そう思っていると、クロエは不安そうな表情になりながら尋ねてきた。

「まだメイソンは私たちに相談できないの？」

「違う違う。本当になんでもないことだからさ」

「そ、ならいいけど」

美女二人に囲まれて、己の性欲を我慢するために戦っていましたなんて言えるわけがない。そんなことを話したら、二人にどう思われるかなんてわからないし。今は二人が俺のことを信用してくれているからこその関係である。

それを、俺がそんな目で見ていましたなんて言ったら、二人はどう思う？　軽蔑された目で見られたら一生立ち直れないかもしれない。だから、これに関しては絶対に相談することができない。

「ん～～。メイソンにクーちゃんおはよ～」

「おはよ」

「おはよう」

「何話していたの？」

するとクロエがニヤッとした表情を浮かべた。

「私たちのことを襲おうとしていなかったって話をしていたの」

「え⁉　メイソンそんな目で私たちを……」

「ち、違うよ‼　断じて違います‼」

俺は首を横に振りながら否定する。

「そ、そっか……」

「え？」

なんなんだよその反応は……。まんざらでもないように見えるじゃないか。こっちの気も知らないでさぁ……。

「起きよっか」

「あぁ」

「うん‼」

俺がベッドから出ると、二人とも同時にベッドから出る。だが、部屋から出るつもりがないようなので、俺が服を脱ぎ始めるとルーナが顔を真っ赤にしながら叫ぶ。

「え⁉　なんで脱ぎ始めるの⁇」

「だって、俺の部屋だし、ここにしか服がないから……」

「そ、そっか。でも一言ぐらい言ってくれてもいいじゃない‼」

「あ、ごめん」

　すると、二人とも部屋から出て行った。

（ダメだったのか？）

　別に精霊王の湖でも俺の上半身は見ているんだし、何なら男の裸なんて見ても何の得もないだろ……。

「まあいいか。後でもう一度謝っておこう」

　そう思いながら、着替えを終わらせて客間に向かう。すると、すでにクロエだけが客間にいた。

「メイソン。もうちょっとは気を使ってあげなくちゃダメだよ？」

「あ、ごめん。でも男の裸なんてって思ってさ」

「それは男子の考えでしょ？　女子は違うの!!」

「ごめん」

　言われてみればそうだよな。俺は男だから男の裸なんて見ても興奮しないし、興味もないけど、女子は女子の考えがあるのは当たり前だよな。

（もうちょっと配慮が足りなかった）

　こういうことが今後も続けば、一緒に屋敷で暮らすことも難しくなるに決まっている。

「まあ、私もびっくりはしたけどしょうがないから気をつけてね!!」

「うん」

「それよりもあの部屋からの嫌な気配がなくなったね」

「あぁ。やっぱりバカルさんを倒したからなのかな？」

昨日と今日の違いは、確実にバカルさんを倒したか倒していないかの差だ。

「そうかもね。でもこれで三人気楽に暮らすことができるね。ありがと」

「あぁ」

そして沈黙の時間が数分続いた時、ルーナが客間に入ってきた。

「待たせてごめんなさい!!」

「いいって。それよりもさっきはごめん」

俺はルーナに頭を下げて謝る。するとルーナは手を両手に振った。

「私たちがメイソンの部屋で寝ていたのも悪いし、部屋から出なかったのも悪かったからお互い様だよ。でもできたら今後は控えてくれると嬉しいな」

「あぁ。善処するよ」

「じゃあ、ギルドに行こっか!! バカルさんのことも報告しなくちゃいけないしね」

「「うん」」

こうして、三人で屋敷を出て冒険者ギルドへ向かい始めた。

◆◆◆

ギルドの中へ入ると、いろいろな人から視線を感じた。

(あ!!)

失敗した。昨日ガイルさんに指摘されたばかりなのに、バカルさんの一件で忘れていた。

結局、昨日と同様ガイルさんが俺たちに気づいてくれるまで冒険者たちに質問攻めを受けた。そして来賓室へ案内されて、ガイルさんにこっぴどく怒られた後、本題に入った。すると、ガイルさんが驚いた表情をしながらため息を吐いた。

「そんなことがあったのか」

「はい」

「伝えてくれてありがとう。今回の一件は上に伝えて他国にも伝えるようにしておくよ」

「「「ありがとうございます!!」」」

これで、バカルさんが伝えたかったことが各国に伝わるはずだ。そしたら、今回みたいな一件が減ってくれる。これだけでも、バカルさんが俺たちに伝えてくれた意味があったはずだ。

「それよりも三人にはクエストを受けてもらいたい」

「「「え?」」」

「南東にある火山の調査だ」

「いいですけど、なんでですか?」

別に火山の調査なんて俺たちじゃなくてもできるはずだ。

「まあ簡単に言えば、火山に魔族が現れたという情報を入手した。この件は公にはできないからお前たちに任せたい」

(魔族が現れた!?)

魔族か……。ここ最近魔族で関わる件が多すぎる。最初はロンドの師匠であるリーフさん。そして、ルーナの弟を救う際に出会った魔族や昨日の一件で関わったバカルさんを蘇生させた魔族。最後に関しては魔族と出会ったわけではないが、間接的に関わっているのは確かだ。

「それで、受けてくれるか？」

「はい。もちろん俺は受けていいですが、ルーナとクロエの意見も聞きたいですね」

そう、今は俺とルーナ、クロエの三人でパーティを組んでいる。それなのに俺が勝手にクエストの了承をするわけにもいかない。そのため、二人の方向を向くと笑顔で頷《うなず》いてくれた。

「私はいいですよ」

「私も。頼まれたならやるのは当たり前だと思うしね」

よかった。ここで、断られたらなんて説得しようか迷っていた。最終的にダメなら、今回の一件はあきらめることも視野に入れていた。

「そうか。本当に悪いな」

「いいですよ。ガイルさんには恩もありますし、俺たちを信用して頼ってくれたってことですもんね？」

「あぁ。逆に信用できる人じゃなければ頼ることなんてできないからな」

「じゃあ、場所だけ教えてください」

「おう。ちょっと待ってろ」

ガイルさんがそう言うと、来賓室から一旦出ていった。

（それにしても火山に魔族がいる意味が分からない……）

まず、なんで火山に魔族が行く必要があるんだ？　バカルさんの一件も踏まえると、狐人族の国に行ったのはわかる。自我を持つ死者を蘇生するためだろうから。でも火山にそんな存在がいるとは思えない。相手の立場なら、エルフ国や他種族の国へ行って死者を蘇生させたほうが効率が良いと思うんだがなぁ……。

「悪い待たせた。これを見てくれ」

そう言われて、テーブルに地図が広げられた。そこには赤いマークがされた場所があり、そこをガイルさんが指さした。

「ここに行ってほしい」

「ここですか。ちょっと遠いですね」

地図を見る限り、最低でも二週間ぐらいはかかると思われる。

「あぁ、はっきり言って少し長旅になる。転移結晶を渡したいが、流石に遠出の際に何回も渡すのはこちらとしては厳しくてな。頼んでいる立場なのに申し訳ない」

「別にいいですよ!!　逆に何度ももらうとこちらも気が引けるといいますか……」

何度も何度も貴重なアイテムである転移結晶をもらうと、流石にこちらも申し訳ない気持ちになる。

「そう言ってもらえると助かる」

「はい。ですがきちんと報酬はもらいますよ」

「あぁ。それはもちろんだ」

そして、俺たちが会釈をして部屋を出ようとした。

「頼んだよ」

「「「はい」」」

◆◆◆

ギルドを後にして、まず下町で必要な物資を集める。

「え～と。食料と武器の整備アイテム。後は～」

「冷水じゃないか？」

「「そうだ!!」」

今回の旅で一番大切なのは冷水だ。熱いところで戦うことを想定するなら、確実に冷水を飲まない限り普段どおりの戦闘ができないだろう。それほど、冷水は必需品だ。

「じゃあそれも買って～。あ!!　馬車を借りなくちゃだね」

「そうだな。いつも借りているところへ行こう」

一旦、必要なものの目星がついたので、下街で必需品をそろえたのち、行きつけの馬車に向かい始めた。その道中、ある人物と出会う。

「よぉ、メイソン」

「あ、ロンド」

ロンドたちは複雑そうな表情をしていた。

「今から何をしに行くんだ？」

「あ〜。まあいつもどおりクエストを受けるために馬車を借りに行くんだよ」

「え？　メイソンたちは馬車を持っていないのか？」

「あぁ」

すると、全員が驚いた表情をしたのち、すぐさま手を引っ張られた。

「ちょっと来い」

「「待って!!　メイソンをどこへ連れていくつもり？」」

ロンドの行動をルーナとクロエが止めに入る。

「大丈夫。もう取ったりしないから。それに……。お二人にもいいことだからさ」

「そ、それならいいけど」

「うん」

そう言われて、路地裏に連れていかれる。するとロンドが妙な提案をしてきた。

「明後日まで出発は待ってくれないか？」

「え？　良いけどなんでだ？」

「馬車の件は俺に任せてくれ」

「??」

馬車の件って……。

（ロンドに馬車を貸してくれる知り合いなんていたっけ？）

「ダメか？」

「いや、そう言うならいいけどさ」

「おう！　悪いな」

「いいよ」

そして、俺たちがみんなの元へ戻ると、シャイルだけぽつんと立っている状況になっていて、ルーナとクロエ、ミロの女性三人で何かを話していた。

「お待たせ」

「あ！」

俺の声を聞いて、ルーナとクロエが顔を真っ赤にしながらこちらを見てくる。

「⁇」

俺とロンドは何が何だかわからない状況であったが、ロンドがシャイルとミロの元へ戻ると、手を振った。

「じゃあまた明後日な」

「あぁ」

こうして一旦ロンドたちと別れた。その後、二人にもロンドに言われたことを説明して、屋敷に戻った。夕食を取って、部屋で寝ようとした時、クロエとルーナが中へ入ってくる。

「明日休みじゃない⁇」

「あぁ。それがどうした？」

「ちょっと、三人で遊びにでも行かない？」

「あ、良いけど」

まあ、明日はグラムの手入れでもしようと思っていたが、別に後でもできるからな。

「じゃあ決定ね!!」

「うん」

すると、ルーナとクロエが喜びながら部屋を後にした。

（なんだったんだ？）

そう思いながらも、火山の探索について考えながら就寝した。

翌朝。食堂へ入ると、すでにルーナとクロエがエプロンを着けて料理をしていた。

「おはよう」

「「おはよ!!」」

「何作っているの？」

「秘密。朝食はこれね」

クロエとルーナが指さすほうを向くと、そこにはすでに黒パンと野菜のスープが置いてあった。

（これ、ルーナとクロエが作ったのか??）

二人とも料理なんてできたのか……。偏見だが、お姫様は料理や家事ができるとは思ってもいなかった。

「ありがとう」

「うん！　先に食べてて。私たちももう少ししたら一緒に食べるから」

「あぁ」

いや、先に食べてててって言われてもなぁ。そう思いながら、二人が料理している姿を見守る。

（本当に可愛いな）

美女が料理しているだけでも可愛いが、金髪美女と銀髪美女が和気あいあいと料理しているのを見ると何時間でも眺められる気がした。すると、ルーナがくるりと回って俺のほうを向いてきて、目が合う。

「「あ」」

「ん？　ルーちゃんどうしたの？」

「えっと……。メイソンがずっとこっちを見ていたから」

それを聞いたクロエがこちらを向いてきて、ニヤニヤしながらからからかってきた。

「見とれてただけでしょ」

「ち、ちがく…はない……」

否定しようと思ったが、なぜか否定できなかった。ここで否定してしまったら、自分の気持ち、そして二人にも失礼だと思ってしまった。

「ね!!」

「う、うん。メイソンが私たちに……。えへへ～～」

ルーナはなぜか表情が緩みながら料理を再開した。そしてなぜかクロエはウインクをしてきた。

(クロエ、絶対に俺のことからかっているだろ!!)

そこから数分経って二人がテーブルに座ったので、全員で料理を食べ始めた。まず一口目にスープを飲む。

(!?)

なんだこの旨さは!! 程よくしょっぱくて、野菜の臭みを消しつつ味は生かされている。二口目、三口目と食べていると、クロエは笑顔で、ルーナは不安そうに俺のことを見ていた。

「作ってもらったのにごめん。夢中になってた、おいしい」

「見ればわかるよ!! よかった。言ったでしょ、ルーちゃん」

「うん!! 良かった……」

その後も二人が作ってくれた料理を夢中で食べていたら、あっという間に朝食が終わった。そして、三人で下街に出ると、まず最初に洋服屋に連れていかれた。すると、クロエとルーナが和気あいあいと洋服を選び始めた。

(俺、何していればいいいんだ?)

はっきり言って、洋服になんて興味がないし、まずもってここのお店は女性用の服しか置いていないしなぁ……。

「ルーナ、クロエ。俺店の外で待っているから見終わったら連絡して」

「「ダメ!!」」

「え？」

（なんでそんなに強く言われるんだ？）

俺ってここにいてもいらない存在だろ……。何なら、ルーナとクロエの二人で話しているほうが服も決めやすいと思うんだけどなぁ。

「私たちが選んだ服を最終的にはメイソンに決めてもらうんだから!!」

「クーちゃんの言うとおりだよ!!」

「それってマジ？」

「「マジ!!」」

そんな重大なことを俺に任せて本当にいいのか？　ふとそう思った。なんせ、服といえば女性にとって重大な必需品の一つだと思う。それを俺に決めさせるって……。

「だからきちんとそこで待っていてね!!」

「あ、はい」

そこから一時間ほど経ったところで、やっと二人が俺へ数着の洋服を見せてきた。

「ここから私とルーちゃん用で一つずつ選んでね」

「いいけど、嫌なら嫌って言ってね」

マジで俺のセンスなんて自信ないから、嫌なら嫌って言ってもらえたほうが助かる。

「大丈夫。メイソンだから!!　それに私たちが嫌ならまず選んでもらわないからさ」

「そ、それならいいけどさ」

まず最初にクロエの服から選び始める。ベージュの服と黒のドレス。

（う～ん……）

クロエは性格的にも髪色的にもベージュっていうより黒色の服装が似合うと思う。ベージュも似合わないわけではないけど、黒のドレスを想像するだけでドキッとしてしまう。

「黒のドレスじゃないかな？」

「やっぱり!?　私もそう思ってたの!!」

すると、次はルーナが俺の目の前に来て
「私のもお願いします」

「う、うん」

ルーナから渡された服は、白と水色のドレス。はっきり言ってこっちに関しては、どっちも似合うと思う。クロエの時みたいに黒が良い!!　と断言できるほどではなく、どちらのドレスを着たとしても似合うと思ってしまった。

「どっちも似合うとは思うけど、白色のドレスじゃない？　髪色とかと合うと思う」

するとぱぁっとした表情になった。

「そっか!!　じゃあ私はこれを買ってくる!!」

そう言って、二人は店員にドレスを渡して支払いに行った。

（本当にこの選択であってたのかな？）

そう思いながらも、洋服屋の外で待っていると、二人が満面の笑みで外に出てきてお礼を言う。

「「メイソンありがと!!」」

「あぁ。でも本当によかったのか？　俺の選択で」

「「いいの!!」」

「そっか。それならいいけど」

「「うん。じゃあ次に行こっか」」

二人が突然、手を引っ張って次のお店へ向かい始めた。

先程買ったドレスを道具収納《アイテムボックス》に入れて、武器屋に入る。

「「ちょっと私たちはあっち見てくるね」」

「了解」

（さて、俺は何を見ますか）

現状、武器が欲しいとは思っていない。剣に関してはグラムがある時点で必要じゃないし、防具も今必要とはしていない。そう悩んでいると、店員の女性が声をかけてきた。

「何か探し物でもありますか？」

「いえ、申し訳ないのですが、逆に欲しいものがなくて……」

すると、店員の女性が少し悩んだ素振りを見せた後、こう提案してきた。

「じゃあ、一緒に来た方にプレゼントしてみてはどうですか？」

「!!」

いつも武器屋なんて一人で来るものだから、自分のものしか買うことを考えていなかった。でも、店員さんの言うとおり、ルーナやクロエに何かプレゼントしてもいいかもしれない。

二人には数えきれないほどの恩がある。そうじゃなくても、真っ先にプレゼントを誰に渡すと聞かれたら、確実に二人が思い浮かぶだろう。

「どうしますか?」

「お願いします。何かいいのはありますか?」

「では、こちらに来てください」

店員さんの後をついて行くと、一旦武器屋を出て隣にある装飾品店へ入る。

「ここにある指輪とかは、付与魔法などもついているので戦闘時にも使えて便利だと思います」

「へ～」

言われるがまま眺めていると、ふと赤色の装飾品と青色の装飾品が目につく。それに気づいた店員さんが説明をしてくれた。

「赤色は火耐性を持っている指輪になっていまして、水色は水耐性を持っている指輪になっています」

火耐性と水耐性か……。ルーナは青色の目をしているし、クロエは赤色の目をしていることから似合うと思う。

「ではこの二つをください」

「了解いたしました。お客様は何にしますか?」

「お、俺ですか……」

自分の分までは考えていなかった。

「お客様は水色の指輪とかはどうですか？」

「水色ですか？　これは青色と何が違うのですか？」

「水色は滅多に使われないとは思いますが、氷耐性持ちの指輪です」

「あ～。ではこれでお願いします」

「了解いたしました。では、こちらへどうぞ」

そう言われて、レジまで進み、三つの指輪を買おうとした時、店内に一人の男性が入ってきた。

「あれ？　メイソンじゃねーか」

「あ、ガイルさん」

「なんだ？　嬢ちゃんたちにプレゼントか？」

「まあそんなところです」

は～。なんでこんなところで知り合いと会うかなぁ。いや、やましいことをしているわけじゃないから別にいいんだけど、やっぱり少し恥ずかしい。

「ま、嬢ちゃんたちならメイソンからもらったものなら何でも嬉しいと思うから自信をもって渡してやれよ」

「そうだといいのですが」

ガイルさんはこう言うが、女性が装飾品をつけるというのはそれなりに大切なことだと思う。だから、今回も少し迷っていた。三人で一緒に選んだほうがいいのではないかと。

「大丈夫だって。俺なんて嫁に買うものを毎回悩んで買っているんだから。それでも喜んでもらえるんだから大丈夫だ。自信を持て」

「はい」

って、え？　ガイルさんって既婚者だったのか⁉　そんなことを思っているところで、店員さんがこちらへやってきて個包装されたものを三つ渡される。そして会計を済ませて二人の元へ戻ると、なぜかジト目で見られる。

「あの店員さんと何していたの？」

「え？　いや何でもないよ」

ここでプレゼントを買ったって言うなら、三人で選んだほうがよかったと頭によぎってごまかしてしまった。

「ふ〜ん。言えないことなんだ……。浮気？」

「違う違う」

（ていうか俺たち付き合ってないよな？）

「まあいいけど。じゃあちょっと遅いけどお昼にしようか」

「あぁ」

そして、武器屋を後にして昼食を取り始めた。ランドリア全体が見える草原に三人で座ると、先程からルーナが持っていたバスケットを開ける。

「はい。サンドイッチだけど」

「ありがとう」

渡されたサンドイッチを一口食べると、さっぱりしながらも触感が良くて、二つ目、三つ目と口に運んでしまう。そして、あっという間に食べ終わると二人は満足げな表情をしながらこちらを見てきた。

「おいしかった？」

「うん。おいしかった。もっと作ってほしい」

ごまかすことなく素直に答えると、クロエもそっぽを向きながら答えた。

「ま、まあ気が向いたらまた作ってあげる」

「ありがとな」

「私も一緒に作ったんだから～～」

「ルーナもありがとな」

「うん!!」

そして三人で雑談を挟みながらゆっくりとしていると、夕日が落ちてきたので二人が自宅へ帰ろうと立ち上がる。

「二人とも、これ」

俺はそう言って、先程買った指輪を渡した。

「「え？・」」

「あ～。いつもお世話になっているお礼」

すると、二人は茫然とした表情をしたまま受け取ってくれて
「「開けてもいい？」」

「あぁ」

個包装されている箱を開けて、二人が指輪を見る。

「一応は二人の瞳の色に合わせて買ってみたんだけど、似合わなさそうだったらどこかへでもおいておいてくれていいよ」

「絶対に似合うよ!!」

「そうだよ!!　それにメイソンが買ってくれたものなら何でもつけるよ」

「ありがとな」

そして、俺も自分用に買った指輪を手に着ける。

「これで、俺たちがパーティって証明になるな」

「「うん!!　本当にありがとう!!」」

二人はそう言いながらずっと指輪を見ながら表情が崩れていた。

(よかった。喜んでもらえて)

「じゃあ、家に戻ろうか」

「「うん!!」」

家に帰ると全員が疲れ切っていたため、すぐに就寝してしまった。そして翌朝、食堂で二人と出会うと昨日のように朝食を料理してくれていた。

「ルーナにクロエ、おはよう」

「「メイソンおはよ!!」」

そこからは昨日と同じで、二人が椅子に座ってから三人で朝食を取り始めた。だが、昨日と一点だけ違う点があった。

「なんで二人ともそんなににやけてるの？」

俺がそう尋ねると、ルーナとクロエは顔を見合わせた後、顔をほころばせた。

「そう見える？」

「うん」

「そりゃあねぇ～。ね、ルーちゃん」

「ね～」

（え？　さっぱりわからないんだけど）

俺は、二人のことをよく観察してやっとわかった。指輪だ。昨日上げた指輪を眺めた瞬間に限って、二人とも表情が緩んでいた。

「あ～。そんなに喜んでくれてよかったよ」

「やっとわかったんだね。メイソンってプレゼントのセンスとかは良いのに、そういう所が鈍感だよね？」

「うんうん。私もそう思う」

「……」

（俺、なんで貶《けな》されているんだ？　ひどくない？）

せっかくプレゼントあげたのに……。まあ、喜んでくれているのはいいけどさ。それに、鈍感って言われても、毎日人を観察しているわけじゃないんだから。それこそ毎日ルーナやクロエを観察していたらキモいだろ。

「まあ、いいわ。今日、ロンドたちと会うんでしょ？」

「そうだったね。でもなんで勇者と会うの？　はっきり言って意味が分からない。メイソンに嫌なことをしてきた相手だよ？　仲良くする必要ないじゃん……」

「まあルーナの言うことも一理あるな」

昔、嫌がらせなどを受けた人間と仲良くする必要なんてない。だけど、俺はそう思わない。そりゃあロンドのことを恨んだことだってあったさ。でもあいつも勇者という立場でキツイ状況だった。

誰しもミスはあるに決まっている。俺は一回ミスしただけで関係を切るなんて勿体《もったい》ないと思う。だからこそ、ロンドたちとはもう一度接していきたいと思った。

「だったら!!」

「でもさ、ロンドだって勇者の前に人間だ。ミスはある。だからこそもう一度ぐらい腹を割って話してもいいんじゃないかって思ったんだ」

「「……」」

「そういうわけで、二人には申し訳ないけどもう少しだけロンドのことを大目に見てほしい」

すると、二人は嫌な顔をしながらも、最終的には説得を諦《あきら》めた表情になった。

「わかったわ」

「まあメイソンがそう言うなら。でも今回限りだからね。次もう一度そういうことがあったら絶対に止めるから!!」

「あぁ。ありがとな」

話が終わった途端、そっぽ向いて黙々と朝食に戻った。

(二人ともありがとな)

クロエはともかく、ルーナは俺がどん底まで落ちているのを間近で見ているからこそこう言ってくれているに決まっている。もしもう一度同じような状況に陥ったら俺の精神がどうなるのかまで考えてくれて。

だけど、だけどさ。俺は自分の身よりもあいつと。あいつらともっと絡んで知っていきたいと思う。追放された時は、あいつらの所為だと思っていた時もあった。でも、俺が悪い場面もあったかもしれない。

(こう考えられるのもルーナやクロエのおかげなんだけどな)

そう。あの時、ルーナが俺を助けてくれたり、クロエと出会っていなかったら今の俺はいない。だからこそ二人には感謝してもしきれない。

そして朝食を取り終え、ロンドたちとの集合場所へ向かう。するとそこには、今まで見たこともないような大きさの馬車が置いてあった。

(え?)

その時、ロンドたちが俺たちに気づいて声をかけてきた。

「メイソン!!　こっちにこい」

「あぁ」

言われるがまま、馬車の目の前に立つ。

「これは俺たちからのプレゼントだ。って、結局半分は国王から出資してもらったんだけどな」

「「「え？」」」

（どういうことだ？　半分は国王から出資してもらった？　いやその前に、ロンドたちが俺たちにプレゼント？）

「メイソンには本当に悪いことをしたと思っている。だからこそ馬車は受け取ってほしい。てか受け取ってくれ。俺たちの資金も入っているが国の資金も使われているから受け取ってもらわなくちゃ困る」

「別にもう気にしていないさ。そりゃあもらえるなら嬉しいけどさ。本当にいいのか？」

はっきり言って、目の前にある馬車は今の俺たちじゃ到底買えるしろものじゃない。そんな物をもらうって。それもロンドたちも半分出資してくれているっていう。自分たちで使えばいいのに。

「いいって言ってるだろ。だからこれからも頑張れよ。俺たちも頑張って追いつくからさ」

「追いつくって。別にもう……」

ロンドたちは、最初から勇者パーティだ。俺たちのほうこそ追いかける立場じゃないか。すると、ロンドはボソッと小さな声で言う。

「は～。これだからメイソンは……。俺たちは国から言われた立場であって、お前たちは国に認められた存在。そこは違うだろ」

「ん？」

「なんでもね～よ。早く受け取れって」

「あぁ。ありがとな!!」

そして馬車を受け取って中へ入り出発させた時、ミロが二人に声をかけた。

「ルーナにクロエ、頑張りなさいよ!!」

「うん」

「わかっているわ」

その次にロンドとシャイルが叫ぶ。

「メイソン、死ぬなよ。お前は俺の……」

「メイソン頑張れよ!!」

「あぁ。二人ともありがとな」

ロンドたちが見えなくなるまで、手を振りながらクエストである火山地帯へ向かった。

第二章

火山地帯

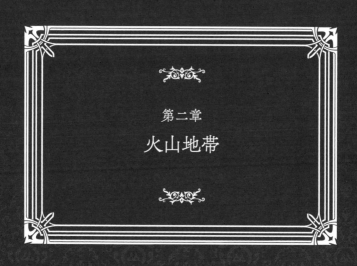

ロンドたちと別れて少し時間が経った頃。

「この馬車、すごすぎない⁉」

「だな」

「ええ」

ルーナの言うとおり、思っていた以上にこの馬車は性能が良すぎる。まず第一に魔力で動くシステムになっているため馬がいらない。そして、運転手に関しても、行ったことがある場所なら自動で動いてくれる馬車になっている。今はまだ、三人で交代交代で運転をしているが、今後は自動で動いてくれるのもそう遠くはないと思う。

(よくこんな代物を渡してくれたな)

ここまで性能が良いものなら、自分たちで使った方が効率が上がるのは間違いない。

(本当にありがとな)

「あ！　メイソン」

「ん？」

「指輪って何か効果とかあったりするの？」

「そうだよ。俺なら氷、ルーナのなら水、クロエのは火の耐性が付与されているよ」

それを聞いた二人は驚きながら指輪を二度見していた。

「本当にありがとう」

「ありがと」

「いえいえ」

その後、何度も二人は俺と指輪を交互に見てきた。

（なんなんだ？　俺は指輪じゃないぞ？）

それに俺の顔を何度も見られても恥ずかしいんだが……。っていうか、俺の顔なんて見ても楽しくないだろ。

「はぁ～。まあ旅は長いんだし、気長に行きますか」

「「うん!!」」

◆◆◆

そこから数日間、特に何もなく進んでいたが、少し離れた場所にモンスターを発見した。すると、クロエが真剣な顔をしながら剣を構えた。

「ここは私に任せて」

「みんなで戦ったほうがいいんじゃないか？」

どんな戦闘でも全員で戦ったほうが安全に倒せる。なのになんで……。

「これは私のため。いや、みんなのために一人で戦いたいの」

「「え？」」

俺とルーナは首を傾げる。

（みんなのために一人で戦いたいってどういうことだ？）

「簡単に言えば、私の実力を示すため。今このパーティは確実にメイソンを主軸に戦っている」

「うん」

「そうだな」

自分で言うのも何だが、このパーティの主体は俺だ。今まで俺がきっかけを作って戦闘に大きな変化が起きていた。

「だけどこれからは、それで本当にいいのかって思ったの。ルーちゃんは後方支援として今も役に立てている。だけど私はどう？　現状ですらメイソンが前衛に加えて、私のポジションである中衛を兼ねちゃっている」

「……」

言われてみればそうだ。ルーナの護衛も俺がやっている時すらある。それ以外にも考えるだけでも何個か思い浮かぶ。

「私もみんなに任せてもらえる場所が欲しい。だから今日から火山地帯に到着するまでは、私を主体に戦って、助けてもらえる時だけ助けてもらう形にしたい」

「……。わかった」

「うん」

「ありがと」

俺たちの回答を聞いたクロエはホッとした表情をした。

「でも、一つ言っておくぞ。クロエがいらない場所なんてないんだからな」

「わかっている。でも念のため」

「あぁ。じゃあお願いするよ」

そう。クロエがいらない場所なんて存在しない。逆にクロエに抜けられると困る。なんせ、現状は中衛も俺が行っているけど、リーフみたいなやつと出会ったら確実に中衛なんてできるわけがない。

それに加えて、クロエが居なくなってしまった時点で、このパーティは崩壊するかもしれない。クロエのおかげで今の関係になっている。だから、精神面的にも必要な存在なんだ。それはルーナも同様。誰一人として欠けていい人なんていない。

そしてモンスターとクロエの戦闘が始まった。そこからは圧巻だった。いや、クロエに対しての認識が甘かった。はっきり言って舐《な》めていた。人数不利を背負っているのにもかかわらず、自分の利点をうまく活用してモンスターをことごとく倒している姿を見て感動すら覚えた。

（すげえ……）

心の底からそう思えた。剣術と組み合わせながら俊敏な動きをして、モンスターをさばききっていた。それもものの数分で。そしてこちらへクロエが戻ってきた。

「お待たせ」

「いや、すごかったわ」

俺が素直に褒めると、クロエは少し顔を赤くしながら照れる。

「え？　そう？」

「あぁ。マジですごかった」

「あ、ありがとう」

するとルーナがクロエの体をべたべたと障りながら傷がないか調べる。

「どこか痛いところはない？　怪我《けが》はしていない？」

「大丈夫よ。もし怪我をしたら真っ先に言うわ」

「うん!!　絶対に言ってね」

そこから何度か戦闘があったが、平然とした表情でモンスターを蹴散らしていった。そして、数日が経ち、地形が変わる。この前まで平原だったのが、徐々に山道が増えてきた。

（近づいてきているってことか）

案の定、平原地帯より移動スピードは落ちて、モンスターと接敵する回数も増え、平原地帯とは違い、高ランク帯のモンスターが現れ始めた。それでもクロエは一人で戦おうとしたので提案してみる。

「そろそろみんなで戦えばいいいんじゃないか？」

「ダメよ。ここからが勝負なんだから。それにもし私が危なくなったらメイソンが助けてくれればいいでしょ」

「ま、まぁ」

いや、助けるのは当たり前として、危ないからって意味だったんだけどなぁ。でもクロエがこう言うならしょうがないか……。

「じゃあよろしくね!!」

その後も、山陸に入ってもクロエが主体となってモンスターを討伐してくれて、徐々に火山地帯が見え始めてきた。

火山地帯が近づいてくるごとに、うっすらと汗をかいてきた。

(やっぱり暑いな)

そう思いながら二人のほうを向くと、クロエは俺と同様に暑そうにしていたが、ルーナは平然としていた。

「クロエは暑くないの?」

「え? 全然。二人は暑いの?」

「暑いよ……。暑くないクーちゃんが羨《うらや》ましい」

「俺もクロエが羨ましいよ」

それにしてもなんでクロエだけ暑くないんだ? そこだけ涼しいとか? いや、そんなわけない。

「あ!」

「え? どうしたの?」

「ルーナ、指輪貸して」

「え? 良いけど」

すると、ルーナは指輪を外して俺に渡してくる。それを受け取ると、すぐに俺は指輪をつける。

「やっぱり。暑くない……」

感覚的には冷水を飲んで、ほんのり涼しい気分だ。俺が安らいでいると、ルーナが興味深そうに声をかけてきた。

「どう？」

「やっぱりこれだ」

「⁉」

「クロエの指輪には暑さを遮断する能力があるんだ」

俺がそう言うと、ルーナが言った。

「え？　私にも貸して‼」

俺は一旦クロエに返した後、ルーナへ指輪が渡った。すると、ルーナも俺と同様涼しそうな表情をしていた。そして、ルーナがクロエにおねだりする。

「この指輪、ちょっと貸してよ～」

「嫌‼　これは私の指輪なの」

「でも暑いし……」

その発言を聞いて、クロエが即座にルーナから指輪を返してもらうと、大切そうに抱え込む。

「ルーちゃんだって指輪を貸してって言われても貸さないでしょ？」

「うんそうだね。ごめん」

「ううん。大丈夫」

「え？　俺なら指輪貸すけど」

すると、ルーナとクロエがこちらを睨《にら》んできながら同時に叫んだ。

「「それはメイソンだから!!」」

「あ、はい。ごめんなさい」

なんでいつも怒られなくちゃいけないんだろう……。自分の意見を言うタイミングをもうちょっと考えるべきかなぁ……。そこから、俺とルーナ、クロエは冷水を飲みつつ、依頼場所まで進んだ。

◆◆◆

数日経ってクエストの場所へ到着した。あたりを見回す限りすべての山が噴火しそうであった。

(数日前まで平穏だったのにな)

つい先日まで移動していた山道では、噴火なんて頭に思い浮かばなかったが、現在移動している山道はどの山もいつ噴火してもおかしくないと思えた。それに加えて、この前まで遭遇していたモンスターとは少し異なり、火属性の魔法などを使ってきそうなモンスターもちらほらと出てきた。

「ここからは注意を払って移動しよう。ここからは全員で戦おう。いいねクロエ?」

「わかったわ」

「うん」

ここまでの戦闘でクロエの実力が最低限わかった。流石にここから先も戦うのはよくない。最悪の場合、ランドリアへ戻る必要も考慮しなくてはならないから。

モンスターに気づかれないようにするため、馬車を道具収納《アイテムボックス》の中へ収納して山道へ進んでいくと、モンスターの行動に異変を感じた。

（なんだこれは？）

モンスターが大半が山頂から下っていっていた。普通ならこんなことはあり得ない。食糧不足や気候の変化が理由で山頂から下っていくのはわかる。だが、それは少数であり、こんなにいっぺんにモンスターが行動するのはおかしい。

そう思っていた時、全長一メートルはある昆虫数体に加えて、二体のワイバーンと遭遇してしまった。

すぐさま、魔剣グラムを抜きながら身体強化（大）と高速を使い、一体の昆虫を討伐する。すると、近くにいた昆虫二体が俺目掛けて攻撃を仕掛けてくる。それと同時にワイバーンはルーナとクロエに火の息を放った。

俺はすぐさま宝石《ダイヤロック》を使い、全身を守る。一方、火の息をルーナの魔法、守護《プロテクト》で守る。だが、熱風までは防ぐことができず、ルーナが苦しそうにしている時、クロエは前に出てワイバーンの首を斬り落とす。

（!!）

指輪を買っておいてよかったと思えた。もし指輪の火耐性がなかったらここまで瞬時に行動することができなかっただろう。

そこからはあっという間だった。最初こそモンスターの数が多く、地形も悪かったため戦闘に苦戦すると思っていたが、最初の段階で数体のモンスターを討伐することができたので、各々《おのおの》モンスターを討伐していき、数分も経たずに戦闘を終わらせることができた。

「お疲れ様」

俺はそう言いながら、二人の元へ近づく。

「お疲れ〜」

「お疲れ様!!」

「怪我とかない？」

「「それはこっちのセリフ!!」

「え？」

二人がそう言うと、瞬時に俺の体をべたべたと触ってきた。気が済むまで二人が触り終わると、安《あん》堵《ど》した表情でこちらを見てきた。

「まずメイソンは自分のことを最優先してよね」

「で、でも……」

「でもじゃない!!」

「そうだよ。メイソンが一番危ない場所で戦っているんだから、まずはメイソンの身を案じるのが当たり前だし、もっと自分自身を気遣って」

「はい……」

でもさ、自分よりも二人を心配するのが最優先じゃないのかなぁ？　まあ二人が言いたいこともわかる。パーティメンバーの中で一番危ないところで戦っていたらその人を気にするのが当たり前だと思うし。

そう思いながらも、全体を見回す。

（やっぱりおかしい）

やはり、ガイルさんの情報どおり、ここには魔族がいるのか？

「二人とも慎重に行こう」

「えぇ」

「うん」

そして、徐々に進んでいくとルーナが指を指して言った。

「あそこを見て!!」

指さされたところを見ると、そこには焼け焦げた一帯があった。

（え？　どうなっているんだ？）

三人とも呆然と焼け焦げた一帯を見てしまった。

「これって……」

「えぇ。普通こんなこと起こらない。火山が噴火したとかならもっと広大な被害が出ているはずよ」

クロエの言うとおり、火山が噴火したら今目撃している場所の数倍、いや数十倍は被害が出ているはずだ。目の前の被害が小さいとは言わない。だが、これは誰かが人為的にやったとも思える現象だ。

（やはり、魔族か？）

ガイルさんに言われた依頼は、魔族の出現情報が出たから火山地帯を調査してほしいという内容。

今の光景を見たら、それもあり得るとすら思えた。

「注意を払って探索しよう」

「うん」

「わかったわ」

三人でこのエリアを調査する。そして十分ほど見回したところで、少しずつここで何が起こったかがわかってきた。まず、一方に焼け焦げた跡があること。それに加えて、誰かがここで戦ったであろう形跡。

(これがもし魔族だったとしたら)

そう考えたらゾッとする。なんせ、ここまでの被害を出せる戦闘を街中で行われたら？　そう考えるだけでも、人は数百から数千は死んでしまうかもしれない。

「ねぇ、あそこ見て」

ルーナに言われて見てみると、そこには俺たちの腕のサイズ程はある爪が落ちていた。

「え？　これって……」

「で、でも。これってドラゴンの爪よね？」

「あぁ。俺もそう思ってる」

三人で目の前にある爪を見る。

(もしかして、ドラゴンがここで戦ったのか？)

でもそれなら、なんで俺たちは気づかなかったんだ？　ここにある形跡を見る限り、最近行われた戦闘だとわかる。流石に、ここに来るまでに音や気配は感じるはず。それなのになんで……。

「爪以外にも何か手掛かりがないか探そう」

俺の問いに二人は頷き、ドラゴンが居た形跡を探す。すると、最初は翼の一部を見つけ、次は鱗《うろこ》、牙などさまざまなものが見つかっていった。

「やっぱり……」

「そうだな。ドラゴンがここで戦った。そして、それは多分魔族」

「え？　なんで魔族だってわかるの？」

「ドラゴンと対等にやり合える種族がどれぐらいいる？　それに加えて、ガイルさんの依頼は魔族の調査。それを踏まえたら魔族だと推測できないか？」

「言われてみれば……」

はっきり言って、ドラゴンと対等に戦える存在がこの世界にどれぐらいいる？　ここ一帯を見る限り、確実に大勢で戦ったわけではない。それを考えると、一人か二人で戦ったと推測できる。

(俺たちもドラゴンと戦えって言われたら……)

勝てる自信がない。なんせ、ドラゴンは神話にも出てくるような存在。

(そんな奴と正面から戦ったところで勝てる可能性がどれほどある？)

そうじゃなくてもドラゴンは、冒険者ギルドで災害級指定されているモンスター。そんな存在を俺たち三人で倒せるとは到底思えなかった。

「一旦、引こう」

「「え、なんで？・」」

「今の俺たちじゃ荷が重い」

まず、今受けているクエストですら荷が重いんだ。魔族と俺たちが戦っても勝てる保証はない。

リーフを倒した時も、途中まで人族であったたし、本当の魔族を倒した試しがない。

それに加えて、今回の相手は、ドラゴンを単独または少人数で倒せる魔族。そんな奴と真っ向から戦って無事で住むはずがない。

「……。わかったわ」

「うん」

「じゃあ、すぐに火山を下ろう」

そしてすぐさま全員で火山を下ろうとした時、焼け焦げた一帯の奥のほうから変な音が聞こえた。

（やばい⁉）

感覚がそう言っている。それほどの殺気がこちらへ向かってきていた。それは、ルーナとクロエも感じているようで、二人とも先程より表情がこわばっていた。そして、急いで下りようとした時には遅かった。

すでに、目視できる範囲でボロボロのドラゴンがこちらへ近寄ってくる。

「早く逃げろ」

「「「え？・」」」

「早く……」

そう言った瞬間、ドラゴンがこちらへ高速で移動してくる。俺は二人の前に立ち、宝石《ダイヤロック》を使い、ドラゴンの攻撃を防ぐ。

「なんでドラゴンが話せるんだ？」

「わ、わからない」

「ドラゴンって話せるの？」

誰もが疑問に感じていた。そりゃあそうだ。モンスターが話せるなんて聞いたことがない。

「お前たち、早く逃げるんだ」

「二人とも、俺が時間を稼ぐから下ってくれ」

「「いや!!」」

「でも」

今とれる最善の選択は、誰かがこの情報を伝えること。そうじゃなければ、被害がより出てしまう。

「メイソンを置いて逃げるなんてできないよ」

「そうよ!!」

そして、ドラゴンがこちらへ攻撃してくるのを完全守護《プロテクション》で守る。その時、ドラゴンが悲鳴を上げながら呻《うめ》いた。

「それでいい……。早く逃げるか、殺してくれ」

それを聞いた俺は、バカルさんの時が頭によぎる。

（もしかして……）

「あなたはもしかして、魔族によって蘇ったんですか？」

今回、初めてドラゴンを見るけど、今目の前にいるドラゴンはおかしかった。全身がボロボロであり、いたるところが変色していた。

「あぁ。だから」

ドラゴンがそう言うと毒ブレスを放ってきた。

(どうすればいい!?)

俺一人なら、宝石《ダイヤロック》で回避することができる。だが、それだと二人は確実にブレスを食らってしまう。

そう思っていたら、ルーナがフォローしてくれた。

「私の後ろに来て」

「わ、わかった」

「わかったわ」

俺たちはすぐさま、ルーナの後ろに回ると守護盾《プロテクト・ガード》を使い、それと同時に完全守護を使った。

そして毒ブレスがこちらに近寄ってきて、まず最初に守護盾で受けて、それが壊れた時、完全守護で守り切った。

(この手があったか!!)

守護盾は、完全守護より、範囲が狭いが、守れる範囲が広い。

そのため、守護盾である程度の毒ブレスを防ぎながら、最も威力が高い場所は完全守護で守り切ったってことか。

「ルーちゃんありがと」

「ルーナありがとな」

「うん！」

その後もドラゴン、いやドラゴンゾンビからの攻撃をことごとくルーナが防いでくれる。それに合わせるように攻撃を仕掛けようとするが、ドラゴンゾンビの攻撃が全て広範囲攻撃であることから、前に進むことができなかった。その時、クロエが作戦を立てた。

「ルーちゃんが守ってくれた後、私が隙《すき》を作るわ。トドメはメイソンお願い」

「でも……」

「私たちを信じて」

「!!」

結局、俺はルーナとクロエの実力も信用しきれていなかったということか。そう思った時、ものすごく自分に失望した。

毒ブレスの時も、俺一人で何とかしようとして、仲間を頼るって思考に至らなかった。それは、今回クロエに言われた時も同様だ。隙を作ると言ってくれたのに、俺一人で何とかしようと考えていた。

仲間って言葉で言いながら、俺は仲間と信じ切っていない。そう言っているようで、心底嫌気が指す。だが、こんなことを今考えていても意味がない。

「二人とも頼む」

「「うん」」

そして、ドラゴンゾンビが衝撃波を放ってきたのをルーナが防ぎ、攻撃がやんだ一瞬をついてクロエがドラゴンゾンビに突っ込む。

(すごい)

クロエの今の行動は、ルーナが守ってくれると信じ切っていなかったら取れない行動。ルーナが魔法を止めたタイミングで突っ込んでいっていた。

(これが仲間か)

少し俯《うつむ》きながらも、クロエへ続くように突っ込む。すると、ドラゴンゾンビがクロエに対して、噛《か》みついてくる。それを回避したら、次は叩き潰《つぶ》そうとしてきた。その時、クロエがこちらを向いてきてアイコンタクトを送ってくる。

(今か!!)

もう迷わない。俺はクロエを信じてドラゴンゾンビに斬りかかる。すると、ドラゴンゾンビが俺に攻撃をシフトしようとしてきたが、クロエが剣で攻撃を弾《はじ》き飛ばして防いでくれた。

「メイソン!!」

「あぁ」

ドラゴンゾンビの指を斬り落とす。だが、ドラゴンゾンビはびくともせず、攻撃を何度か仕掛けてくるが、ことごとくクロエがドラゴンゾンビの攻撃を防いでくれて、俺が攻撃を仕掛けた。

そこから数分が経ち、ドラゴンゾンビの片腕を斬り落とすことに成功する。すると、至近距離で毒ブレスを放ってこようとしてきた。

（これはクロエじゃ防げない。でも!!）

「ルーナ!!」

「わかってる」

ルーナは俺が叫ぶ前から、こちらに駆け寄って来て守護盾《プロテクト・ガード》と完全守護《プロテクション》を使い、毒ブレスを防ぐ。

そして、俺たちに光回復《ホーリーヒール》を使ってくれて、お互いの傷が徐々になくなっていった。するとドラゴンゾンビが叫びながら後退していった。

「「「え？」」」

（どうなっているんだ？）

なんでドラゴンゾンビが悲鳴を上げるんだ？　今ルーナが使った光回復は俺たちに使ってくれたはず。

（!!）

「ルーナ、光回復をドラゴンゾンビに使ってくれ」

「わ、分かったわ」

ルーナがドラゴンゾンビめがけて光回復を使うと案の定、悲鳴を上げながら行動が遅くなっていくのが分かった。

（ここだ）

俺はドラゴンゾンビめがけて炎星《アトミック・フレア》を放つと、翼などが徐々に崩れ落ちていった。

もう一発。そう思った瞬間、曇っていた空から光が差し込んできて、翼を生やしている見たこともない種族が下りてきた。

「やっぱりガブリエル様の言うとおりだったわね」

「「えぇ」」

そう言いながら、俺たちに背を向けながら立ちふさがってきた。

「え？　あなたたちは？」

「今はそんなことどうでもいいでしょ？　今は目の前のクローを倒すのが最優先よ」

「「……。はい」」

（クローって誰だ？　でも、目の前の敵ってことは、ドラゴンゾンビのことなのか？）

すると、天使族らしき一人が悲しそうにつぶやいた。

「あなたも地に落ちたものね」

「……」

「もう話せないの。残念ね。あなたとは友好的であったから」

そう言うと、天使族らしき三人が上に手を広げると、光の槍《やり》が数十本にもわたって出てきて、ドラゴンゾンビめがけて攻撃した。すると、あっという間にドラゴンゾンビが崩れ去っていった。その時、ドラゴンゾンビが意識を取り戻し始めてか細くつぶやいた。

「本当にありがとう」

「それはこの人たちに言うことね」

「わかっている。そこにいる人族とエルフ、狐人族。本当にありがとう」

そう言って、ドラゴンゾンビが跡形もなく砂になって消え去っていった。そして、天使族らしき人物たちがこちらを向いて話しかけてきた。

「あなたたちには今から、私たちのいる国に来てもらいます」

「「「え？」」」

「同行できませんか？」

「ちょ、ちょっと待ってください。俺たちはあなたたちのことを何も知らないのです。それなのに、いきなり来いと言われても……」

ドラゴンゾンビ討伐を手伝ってくれたのは本当に感謝している。もしあの時、助けが入らなかったら三人の誰かが大怪我を追っていた可能性もないわけじゃない。だけど、それとこれでは別件だ。見ず知らずのところへ行きなり来いと言われても、「はい」と二つ返事で行けるわけもない。

「ですが、私たちもあなたたちのことを知りませんよ？」

「それはそうですが……」

そう言われても頼んでいるのはそっちであり、俺たちではない。それに、俺たちは行っても行かなくてもどちらでもいいのだから。

「初対面なのに意地悪しすぎましたね。私たちは天空に住んでいる天使族です。私の名はアミエル。よろしくお願いします」

やっぱり、天使族であったか。でも、本当に実在していたなんて……。天使族もだが、ドラゴンも神話に出てくる架空の存在だと思っていた。

「人族の冒険者、メイソンです。よろしくお願いします」

「エルフ国、第一王女ルーナです」

「狐人国、第一王女クロエです」

全員が挨拶を終えると、驚いた表情をしながらも、なぜかしっくりくるような表情をしていた。

「では、天使国《テウター》に来ていただけますか?」

「ど、どうする? 俺はどっちでもいいけど」

二人に促す。俺は天使国に行ってもいいと思っている。最初こそ、意地悪な言い方をされたけど、この人たちはドラゴンゾンビとの戦いに援護してくれた。それだけでも、十分に信用に値すると思う。

だが、二人は違う。もし二人のどちらか、もしくはどちらも行きたくないと言えば、俺はそれに従う。アミエルさんたちよりもルーナやクロエの意見を尊重するのは当たり前だと思うから。

ルーナとクロエは少し考えたそぶりを見せた後、頷いた。

「私はいいよ」

「私も」

「では行きましょうか」

アミエルさんはそう言って、俺たちのほうへ向かってきた。

「ちょっと待ってください。アミエルさんたちみたいに俺たちは飛べませんよ?」

そう、天使国《テウター》は空にあるという。アミエルさんたちは翼があるから行く手段があるけど、俺たちは行く手段なんてない。

「大丈夫ですよ。では失礼します」

アミエルさんは俺の肩を抱えて、他二人の天使もルーナとクロエの肩を持った瞬間、飛び立った。

「「「え、ぇぇぇぇぇぇ」」」

飛んでから少し経ったところで、時空の狭間らしきところを通りすぎると、そこには数えきれないくらいの建物が建っていた。

第三章
天使国《テウター》

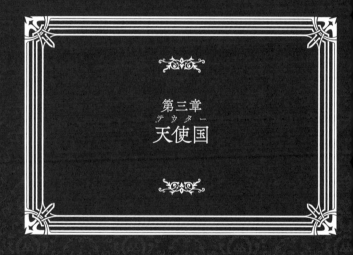

（ここが天使国《テウター》!?）

そこから数分、抱きかかえられながら飛んでいると、何人もの天使の方々に見られながら、大きな建物のところで下ろされた。

「し、死ぬかと思った……」

ボソッとクロエが言う。

「それにしても物理的に連れていかれるなんて……」

「「まあ、それは思った」」

もっと他の方法で天使国《テウター》に連れてこられると思っていた。

「でも楽しかった!!」

「え……」

「俺も楽しかったよ」

すると、俺とルーナに対して信じられないとでも言いたげな表情をしながらため息を吐いた。

「二人とも異常だわ」

「え～。でもこんな体験普通はできないよ？」

「そうだよ」

だけど、クロエが言いたいこともわからなくもない。俺やルーナは空を飛んでいても怖いとは思わなかったけど、クロエみたいに高いところが怖い人もいる。

その時、アミエルさんが言った。

「ようこそ天使国《テウター》へ」

「「「はい!!！」」」

「では、ついてきてください」

「わかりました。でもどこに行くのですか？」

まず天使国《テウター》に招待された理由がわからない。なんせ、会ったのすらドラゴンゾンビと戦っていたのが最初だし、俺は天使族の誰かに知り合いがいるわけではない。それは、ルーナやクロエの反応を見ている限り同様だと思う。

だからこそ、どこへ行くのか不思議で仕方がなかった。

「ガブリエル様がお三方をお呼びです」

「「「え……」」」

その言葉を聞いて、俺を含めた三人が呆然とする。

（ガブリエルってあのガブリエル⁉）

流石に聖書の人物をいきなり紹介されるとは思いもしなかった。でも、ガブリエルという言葉を聞いて、なぜ呼ばれたのか少しわかった気がした。なんせ、ガブリエルは四大天使の一人であり、

【神のことばを伝える天使】

として有名な天使だ。それを考えれば、ルーナやクロエの素性を明かした時もあまり驚かなかった理由も納得できる。だけど、なんでガブリエル様が俺たちを呼んでいるんだ？　と少し疑問に思った。

俺たちが現在有名かと言われればそうではない。ルーナやクロエも結局は一国のお姫様であり、世

界的に有名かと言われればそうではない。俺に至っては、ここ最近、一部の種族から英雄と呼ばれ始めた存在。それなのになんで……。

俺たち三人が不安と驚きの感情を隠しきれていなかったので、アミエルさんが補足してくれる。

「まあ、お会いしていただけたらわかると思います」

そう言われて、大きな建物の中を案内された。

（すごい……）

俺たちが作る建築物は、住むことに特化した作りになっているが、今いる建物は芸術品といってもいいほどの作りをされていた。ロビーは正方形の形をしており、中心部が全て空洞になっていた。そんな光景を俺たち三人が見回しながら歩いていると、アミエルさんが注意してきた。

「最上階にガブリエル様が居ますので、ついてきてください」

「あ、わかりました」

そこでふと周りを見ながら思った。階段が見当たらない。そういえば、さっきから階段らしきものを見なかった。それに加えて、天使族の人たちすべてが飛んで、上層の階に上っていた。それを見て質問をする。

「あの、俺たちはどうやって上の階に行けばいいですか？」

「あ〜。そう言えば人族用には作られていませんでしたものね」

（え？　ってことは俺たちは上の階に行けないってこと？）

「あ！　でも大丈夫ですよ。確か一カ所だけ階段があったはずです」

「よ、よかったぁ……」

　ボソッとクロエが言う。

（クロエ、やっぱり怖いんだな……）

　だけど、きちんと考えるとそうだよな。種族全員が飛べるなら、階段なんていらない。でも、階段があるってことは、翼に怪我を負った時用ってことだよな。

（こう考えると、種族って公平にはできていないよな）

　天使族は空を飛ぶことができるし狐人族は耳が良い。エルフは魔力が多いし、魔族は魔力と腕力が高い。そんな種族に比べて人族は何の特徴もない。そう考えると、人族って不公平な種族だなって思う。

「ここって、ガブリエル様以外にはいないのですか？」

　ここまで大きな屋敷をガブリエル様専用の敷地なのかなと思ったので、おれは素朴な疑問をアミエルさんに言った。

「いえ、ここにはもう二人、ミカエル様とラファエル様が滞在しております」

　それを聞いて少しホッとしてしまった。なんせ、俺たちが住んでいるランドリアの王宮の数倍は大きかった。

　だからこそガブリエル様だけがここに住んでいたなら、すでに天使族《テウター》と人族では歴然とした戦力差が目に見えてしまうのだから。

（でもあれ？　ガブリエル様含めて三人って？）

そう思い質問してみる。

「あと一人の方はどこにいるのでしょうか？」

そう、聖書で有名なのは四大天使もしくは七大天使である。それなのにここにはガブリエル様を含めて三人しかいないっていうのがよくわからなかった。四大天使と七大天使で分けると思っていた。

「それはいろいろと複雑なのですが、天使族で有名なのは四大天使のミカエル様とガブリエル様、ラファエル様、ウリエル様だと思います。それとは別に七大天使の方々だと思います」

「はい」

「ですが、本当は四大天使の中でも三大天使ともう一人という捉え方もできるのです」

それを聞いて、俺たち全員は唖然とした。

（初めて知った……）

俺が無知なのかもしれないけど、ルーナやクロエの反応を見るとそうでもないとわかる。だったら……。

「まあ、そこは今は関係ないので今後ウリエル様とお会いする機会がありましたら説明しますね」

「は、はい……」

本当はここで説明を入れてほしかったけど、しょうがない。アミエルさんだって話したくないことだってあるかもだし、そうじゃなくても三大天使と四大天使の経緯の話が長い可能性もある。

そのため、興味本位で足を踏み込んでいいところではないと思い、無難な回答をした。すると、アミエルさんが一度咳ばらいをした後、俺たちにくっついてきた。

「では行きますよ」

「え、ちょっとまっ」

クロエが何かを言おうとしたが、その時にはアミエルさんたちが飛び始めてしまい、あっという間に最上階に到着した。

「後少しでガブリエル様がいる部屋に着きます」

「「はい」」

「はい……」

クロエだけが顔がげっそりとしていて、ボソッと言う。

「け、結局これなのね……」

「あはは」

「クーちゃんが慣れればいいんだよ〜。楽しいって」

「絶対に楽しくない!!」

ルーナが言うとおり、慣れてしまえば楽だとは思う。でも、慣れるのは無理だよなぁ。俺だって、苦手なものをすぐに慣れろなんて言われても無理な話だし。

そこから、クロエの歩くペースに合わせながらゆっくりとガブリエル様がいる部屋に進むと、通路には数々の絵が置かれていた。

(ここにあるものすべて見たことがある!)

そう。ここに置かれている絵は全てが聖書や、聖書由来の物語や絵画で描かれている代物であった。

どれも、俺ですら知っているほど有名な絵であり、それを見ながら歩いていると、数分も経たないうちに大きな扉の前に到着する。

「到着いたしました。私たちはここでお待ちしておりますので、いってらっしゃいませ」

「「ありがとうございます」」

（この中にガブリエル様がいる……）

そう思うだけで、鼓動が早まる。なんせ、俺たちは今から聖書の人物と対面するのだから。そう思いながらも、大きく深呼吸をして、アイコンタクトを送ると、二人とも覚悟を決めた表情をしていたので、扉を開けた。

中へ入ると、可愛らしい部屋の内装をしていた。俺たちは、扉の前で立ち止まると、部屋の奥のほうからうっすらと声が聞こえた。

「待ってたよ～」

「え？」

「え？　じゃないよ～。あ！　ちょっと待っててね」

声を聞いてから、数分程待ったところでこちらへ一人の少女がやってくる。

（この方がガブリエル様？）

目の前の少女を凝視していると、問いかけてきた。

「え～と。メイソンくんとルーナちゃん、クロエちゃんだよね？」

「あ、はい」

俺の言葉に続くようにルーナとクロエが挨拶を済ませるが、二人はなぜ会ったこともないのに名前を知っているのか疑問そうな顔をしていた。

そりゃあそうだ。俺だって普通なら驚く。いや、実際今も驚いてる。だけど今、目の前にしている方は多分ガブリエル様。そう考えると、どこか納得してしまう俺がいた。

「私はガブリエルだよ～。よろしくね!!」

「よ、よろしくお願いします」

「「よろしくお願いいたします」」

「そんなに畏《かしこ》まらなくていいよ～。もっとフランクにね？」

「……」

（いや、フランクにとか言われても無理だろ!!）

ガブリエル様はもっと自分の立場を考えたほうがいい！　あなたは聖書に出てくる逸話《いつわ》の人物。実際、今会ってみて初めて実在すると実感がわいてきているほどだ。

そんな方に対して、フランクに接しろと言われても無理だろ……。俺は恐る恐るルーナとクロエの方を向くと、二人ともどんな対応をしていいか困っている様子であった。

「ま、最初はこんなもんなのかな～」

「そう言っていただけると助かります」

流石にここで瞬時に対応できるほど俺たちはフランクな人間じゃない。

「まあいいや。それじゃあメイソンくんはともかく、ルーナちゃんとクロエちゃんがなんで私が君たちの名前を知っているのかわからなそうだから説明するね」

「「ありがとうございます」」

ガブリエル様は、ルーナとクロエが聞く準備ができたことを確認してから淡々と話し始めた。ざっくりと内容を説明すると、案の定ガブリエル様は神からお告げを受けることができる。そのため、神からお告げを聞いて俺たち三人を知ったらしい。

「ま、ざっくりと言うとこんな感じだよ～」

「質問いいですか？」

クロエが手を上げながら言った。

「うんいいよ～。なんでも聞いて聞いて!!」

「神様からお告げを聞けるというのは、いつどこでも聞けるということでしょうか？」

「あ～、それはほぼ無理だよ。まあ無茶すれば聞くこともできるけど、私から神様にコンタクトをとることはほぼできないかな？」

「ありがとうございます。では、どのようなことを神様からお告げを受けたのですか？」

すると、ガブリエル様は少し迷った顔をした後、俺のほうを向きながら話し始めた。

「お告げを受けたのはメイソンくんであって、クロエちゃんやルーナちゃんじゃないんだ。それだけは最初に言っておくね」

「はい」

「直近、数年もしないうちに魔族が世界の秩序を崩すというお告げで、それを止められる可能性がある人物がメイソンくんだったってこと」

（え？　俺が止めるって……）

まあ、ルッツくんの話を聞いている限り、魔族が世界の秩序を崩すというのは予想ができた。そうじゃなくても、ここ最近でリーフさんが魔族に変わったこと、バカルさんやドラゴンゾンビが現れたことが魔族の手によることだと知っているため、少し考えればわかることだ。

でも、そこは問題じゃない。俺が世界の秩序を崩す魔族を止めるってことを神様からお告げされたことが驚きなんだ。なんせ、今の俺が魔族と戦って勝てるのかと言われればそうじゃないと思う。

だが、ガブリエル様の言葉を聞いたクロエやルーナは、少し驚いた表情をしながらも、こちらを向いて納得した表情をしていた。その表情を見ていたガブリエル様が頷く。

「その表情。わかっているようだね」

「はい。メイソンはそれぐらいできる人ですので」

「ちょ、ちょっと待ってください。俺は……」

俺が話を遮ると、ガブリエル様から少し殺気を感じた。

「メイソンくん。神様のお告げが嘘だとでも？」

「い、いやそう言いたいわけではありませんが、今の俺が止められるとは……」

「最初に言ったじゃん。魔族が世界の秩序を崩すのは早くても数年後。そこまでに強くなってくればいいんだよ？」

「……」

そう言われても、俺がそこまでに魔族を倒せるだけの力を手に入れているなんて到底思えなかった……。そりゃあ、ここ最近で強くなったのは自分自身が一番わかっている。

だけど、ルッツくんを助けた時のことを思い出してほしい。

(あの時出会った少女に数年後には勝てるだけの力がついているとでも?)

あの隠しきれない殺気を目の当たりにしてしまったら、流石に無理だと思ってしまう。

「まあ神様が言っているんだから、自信をもって」

「は、はい……」

俺がガブリエル様から聞かされたお告げに頭を悩ませていると、ルーナが手を上げた。

「私も一ついいですか?」

「ルーナちゃんいいよ~」

「ありがとうございます。神様からお告げを聞けるなら魔族がどこから攻め込んでくるとかわかるんじゃないですか?」

するとガブリエル様が深刻そうな顔をしながら答えた。

「それだけは神様もできないんだよ」

「「「え?」」」

「神様が唯一見えないのは、魔族の動向なんだ」

ガブリエル様が言った言葉に俺たち三人は驚きを隠せなかった。なんせ、神様なのだからできないことなんてないと思っていた。

「それって、何か理由とかあるのですか？」

「これは神様が言っていたことなんだけど、私たちと魔族では管轄が違うらしい」

そして、ガブリエル様が一呼吸おいてから告げる。

「ここからは私の推測なんだけど、神様にも種類があって、メイソンくんやルーナちゃん、クロエちゃんたちを見守る神様たちと、魔族だけを見守る神様がいると思うの」

「……」

「だから、私にお告げを教えてくれる神様も魔族の動向だけはわからない」

言われてみればそうだ。この話を聞くまで俺たちは固定概念を持っていたと思う。いや、持っていたと断言できる。なんせ、神様という言葉が出てくるまで、神様は一人しかいないと思っていた。だけどそれは俺たちの思い込みであって、神様が数人いてもおかしくはない。

少し考えればわかることだ。神様が一人なら、この世界の秩序を崩すなんて言葉を言うはずがないし、コントロールできるはずだ。コントロールできるなら、リーフの件やバカルさんの件だって解決できたはず。もっといえば、魔族によってドラゴンゾンビになりえるはずがない。

そんなことができてしまえば、種族間でのパワーバランスが崩れてしまうのだから。

「教えていただきありがとうございます」

「いいよ。だって私はあなたたちに期待をしているのだから」

「期待ですか？」

「えぇ。だって、神様から人族の名前を聞くなんてなかったから」

（え？　そうなの？）

「勇者の名前とか聞いたことがないってことですか？」

「そうね。勇者と魔王は数百年に一人現れるといわれていることだから、別にお告げを言うほどのことじゃないらしいわ。でも、今回は今までより大掛かりなことになる可能性があると思って、お告げをしてくれたんだと思う」

「そうなのですか……」

てか、勇者と魔王って数百年に一人現れるのかよ。ロンドが初めての勇者だと思っていた。本当に天使国《テウター》に来てから、いろいろと固定概念が崩されていくなぁ。

「まあゆっくりしていってよ。後で紹介したい人もいるからさ」

「はい」

「じゃあ、泊まるところとかはアミエルに聞いて。それとメイソンくんは後でちょっと話したいことがあるからね」

「わかりました」

話が終わり、俺たちはガブリエル様に会釈をして部屋を後にした。部屋の外には、アミエルさんたちが待っていてくれた。

「では、今から案内しますね」

「聞いているのですね」

何もかも知っているってことか……。少し不思議な気分だ。

「はい」

「お願いします」

そしてアミエルさんたちによって、俺たちは宿泊する場所に移動した。

◆◆◆

(で、でかい……)

俺たちが泊まる場所に到着すると、まず最初に思ったことは大きいということであった。俺たちが住んでいるところも大きいが、それと同等か、それ以上の大きさがあった。はっきり言って、客をもてなす場所としては大きすぎる場所だと思った。

屋敷の中に入ると、アミエルさんが頭を下げながら言った。

「本日より天使国《テウター》を出るまで、メイソンさんたちのことは私たちが案内しますので、よろしくお願いいたします」

「「こちらこそよろしくお願いします」」

そして、各自部屋の案内をされた後、食堂に案内される。

「私たちが料理などもしますので、でき次第お部屋にお伝えに参りますね」

「何から何までありがとうございます」

アミエルさんたちには頭が上がらない。天使国を移動する際、アミエルさんたちが居なくちゃ移動することも困難だ。それに加えて、俺たちのことを専属で案内してくれると言っている。本当に感謝してもしきれない。

その後、アミエルさんたちからいろいろと説明を受けて、俺の部屋に三人で集まった。一旦、俺がベッドの上に座ると、ルーナとクロエもベッドの上に座って一息つく。

「今日はいろいろとあったね」

「そうね」

「あぁ」

ルーナの言うとおりいろいろあった。いや、ありすぎた。ドラゴンゾンビの討伐から、天使国への案内。そして、ガブリエル様との対面と神様からのお告げ。それ以外にも考えれば考えるほどいろいろとあった。

「それにしても、ガブリエル様って実在したんだね」

「それ、私も思った!!」

「そうね。でも可愛かった」

「ね〜。本当に可愛かった」

ガブリエル様のことを可愛いと言うのもわかる。ていうか、イメージと違いすぎた。もっと、年配の方だと思っていたのだけど、実際には小さな女の子だったのだから。

「メイソンもそう思うよね?」

「まあそうだな」

「でも、手は出しちゃダメだよ？」

「出さんわ!!」

流石にガブリエル様をそういう目で見ることなんてできない。まず、あんな小さな女の子に対して恋愛感情とか持つことはないし。まあ、そういう人を好きって言う男性もいるけどさ。

すると、俺の言葉を聞いて二人はなぜかホッとした表情をしていた。

「それよりも、やっぱりメイソンってどこに行っても英雄なんだね」

「いや……」

俺が口籠《ご》もった時、ルーナとクロエが手を握ってきた。

「「メイソンは私にとっての英雄だよ」」

「え？」

(俺がルーナやクロエにとっての英雄？)

すると二人は一度見合った後、ルーナが問いかけてくる。

「メイソン、私たちが最初に出会ったの覚えている？」

「あぁもちろん」

忘れるわけがない。俺がロンドたちから追放されて、一人でクエストを受けていた時、ルーナやワーズさんたちがトレントと戦っていたのが出会ったきっかけ。言い方は悪いが、あれがなかったら俺はルーナとここまで関係ができていなかったかもしれない。

「トレントから救ってくれた時からメイソンは私の英雄なの。それに、メイソンは弟も救ってくれた。

それだけでも私たち家族の中で英雄だよ」

「私だってそうだよ!!」

次は、クロエが自分の胸に手を当てながら言った。

「メイソンがレッドウルフから救ってくれなかったら私はあの場で死んでいたかもしれない。だから私にとってもメイソンは英雄」

「……」

「だから、メイソンはもっと自信をもっていいんだよ」

「そうだよ!!」

自信か。でも、二人がそこまで言ってくれているなら少しは自信をもっていいのかもしれない。こんな身近の人物にも英雄として見られているなら。

「ありがとな」

「うん。私たちだけじゃない。メイソンのことを英雄と思っている人は絶対に他の人たちもたくさんいるんだから!!」

そこから、軽く三人で雑談をした後、アミエルさんが俺たちを呼んで食堂へ向かった。中へ入り席に座ると、テーブルの上には俺たちがよく食べているような食事が置いてあった。

「アミエルさんたちも食べるものは一緒なのですね」

「まあ厳密に言えば、私たちが食べているものを人族の人たちがまねしているだけだけどね」

「え？」

「天界で一番料理の腕がいい種族は人族なの。だから、私たちがたまーに人界に降りて料理を教えるのよ。天使族っていうことをばれないようにね」

そ、そうだったのか……。てか俺たちが知らないだけで、天使族の人たちって人族たちと絡んでいたんだな……。

「まあ食べてみて」

「はい」

そして、俺は料理を一口食べる。

(うまい!!)

言葉が出てこない。なんて言えばいいんだろう……。味に関しては、今まで食べてきた食べ物の中でも段違いにおいしい。

「どう?」

「おいひいでふ」

「きちんと食べきってから話してね」

これは失礼。きっちり食べた後に返事をする。

「はい」

「おいしかったのならよかった」

「マジでおいしいです!!」

俺がそう言うと、ルーナとクロエが少し顔を膨らませながら顔を寄せてきた。

「私たちが作った料理とどっちがおいしい？」

「え～と……」

難しいなぁ。はっきり言って、味に関してはこっちのほうが断然おいしい。だけど、ルーナやクロエが作ってくれた料理はもっと違う感じがしたんだよなぁ。

「ちょっとわからない」

「「え？」」

「嘘じゃないよ？　本当にわからないんだ」

そう、ルーナやクロエが作ってくれた料理は、味じゃないどこかに惹《ひ》かれるところがあって優劣がつけられない。

すると、二人はなぜか複雑そうな表情をした。

「そう」

「そっか」

そう言って、黙々と食事を始めた。

それから全員で他愛のない話をして食事を終え、各自部屋に戻った。

（本当にいろいろあったな」

そう思いながら、横になったらすぐに眠気がきて就寝してしまった。その時、英雄という言葉が心のどこかで引っかかっているような気がした。

翌朝、食堂へ向かうとすでにルーナとクロエが椅子に座って待っており、俺が椅子に座るとアミエルさんが口を開いた。

「昨夜ガブリエル様から連絡があり、本日の夜にパーティがあるらしいので参加してください」

「「わかりました」」

「本日は予定が入っていませんので、各自行きたいところへ案内しますね」

すると、真っ先にルーナとクロエが手を挙げる。

「ではアミエルさん!! 私に料理を教えてください」

「私も!!」

「いいですよ。メイソンさんはどうしますか?」

俺は……。決めていなかった。特にここへ来たからってやりたいことがあるわけじゃない。

(う〜ん。やりたいことってなにかあるかな?)

ルーナやクロエは料理の勉強があるし、俺一人でもできることなぁ……。

(あ、そうだ!!)

「図書館や資料を見られる場所ってありますか?」

「図書館ですか」

「はい」

「ありますよ。では、私が先に案内いたしますね」

「ありがとうございます」

よかった。ここは人界より最先端の可能性が高い。そうじゃなくても、ガブリエル様など聖書の方々がいるなら、俺が知りえない情報があるかもしれない。

（そう、英雄とか）

はっきり言って、英雄と言われていても、俺自身英雄が何なのかわかっていない。だったら、時間が空いたし調べるいい機会かもしれない。

そこから全員で朝食を済ませて、屋敷を後にしようとした時、二人が声をかけてくれた。

「メイソン、夜の前には帰ってきてよ!!」

「わかっている」

そりゃあ、夜になる前に帰ってこないとパーティに間に合わないからな。

「メイソン楽しんできてね!!」

「あぁ」

俺は手を振りながら二人と別れて、アミエルさんに図書館まで案内してもらった。

◆◆◆

図書館の目の前に着くと、アミエルさんが図書館の前にいる天使に何か説明をして、なんの問題もなくアミエルさんと共に中へ入った。

（なんだここは……）

あたり一面見渡す限り本だらけであった。

「メイソンさんは何をお探しなのでしょうか？」

「えーと、英雄にまつわる本とかってありますか？」

「ありますよ」

アミエルさんがそう言うと、俺の前を歩きながら道案内をしてくれた。そして、歩くこと十分ほどで立ち止まる。

「ここにある本が大体英雄にまつわる本です」

「ありがとうございます」

「では、何かほかに聞きたいことがあれば、近くの天使に言っていただければ教えてもらえると思いますので、私は戻りますね」

「本当にありがとうございます」

頭を下げながらお礼を言って、本を読み漁ろうとした時、思い出したように釘《くぎ》を刺された。

「あ、頃合いになりましたら迎えに来ますね」

「わかりました」

「では、楽しんでください」

そう言って、次は本当に図書館から出て行った。

（じゃあ、まずは〜）

一番手前にあった本を何冊か手に取り、テーブルに座って読み始める。今まで英雄にまつわる本を読んだことがなかったため、最初の一冊はすらすらと読むことができたが、二冊目、三冊目と行くごとに内容が同じようなことばかり書かれていて、飽きはじめてしまう。

(う～ん。ちょっと違うんだよなぁ)

本に書かれている大半が、英雄は自身が救いたい人を救う人としか書かれておらず、俺が知りたい内容ではなかった。それこそ、エルフ国で読んだ内容のほうがもっと詳しく書いてあった。

そこからしらみつぶしに本を読み漁っていくが、知りたい内容がほとんど書かれておらず、途方に暮れていた時、誰かが話しかけてきた。

「君、何を探しているの？」

俺はすぐさま後ろを振り向くと、そこには優しそうな雰囲気の金髪の女性が立っていた。

「えっと、英雄について詳しく書いている本を探しているのですが、まだ見つからなくて……」

すると、その女性が本棚から一冊の本を手に取って渡してくれる。

「これとかいいと思うよ」

「え？　あ、ありがとうございます」

「いいよ。それよりも、その本が読み終わったら少し話さないかい？」

「あ、今からでもいいですよ」

別に今すぐ英雄について知りたいわけではなかったので、女性のほうを優先した。

「それはよかった。じゃあこっちについてきてくれるかな？」

「わかりました」

女性に言われるがまま、後をついて行くと、図書館の全貌《ぜんぼう》がのぞめるテラスがあった。そこへ女性が座ったため、対面に俺も腰を下ろす。

「まず自己紹介からしますね。私はウリエルといいます。よろしくお願いします。メイソンさん」

「え？」

なんで俺の名前を知っているのかという点と、ウリエルという名前の二点に対して戸惑いが隠せなかった。

「驚くのも無理ないですよね。名前を知っているのはガブちゃんから聞いたからですよ」

「あ、そうなのですね……」

（いやいや、そっちじゃないって!!）

俺が呆然としていると、ウリエル様は首をかしげながらこちらを見ていた。

「どうかしましたか？」

「ウリエルって、あのウリエル様ですか？」

「あ～。そうですよ」

手を合わせながら驚いた表情で答えてくれた。

「えっと、そのウリエル様は私に何の用があるのでしょうか？」

「まあ簡単に言えば、悩んでいませんか？」

「え……」

（なんでそれを……）

「ガブちゃんから相談に乗ってあげてほしいと言われたので。それに書物を読んでいる時、たまに険しい表情をしていましたよ？」

「あ〜。まあそうですね」

「もし相談に乗れるのでしたら乗りますよ」

（……）

悩みを話していいのか迷った。普通の悩みであったら知恵の天使であるウリエル様に相談していたと思うが、今回に関しては英雄についての悩みだ。

これに関しては、ガブリエル様からの願いでもあり、神様からのお告げでもある。だからこそ絡みがあるウリエル様に悩みを相談していいのか迷ってしまった。

「多分大丈夫ですよ？」

「……」

そこから、数分程無言の状態が続いた後、相談しようと決心がつき、話し始めた。

「ガブリエル様から英雄として世界を救う可能性が高いと言われたのですが、本当に俺ができるのかと思っておりまして……」

「そうね。別に気にしなくていいと思うよ」

「え？」

その回答は予想もしていなかった。なんて言えばいいのだろう？　説得とかをされると思っていた。

「だって、あなたがもし成長しなかったとしても、あなたの所為ではない」

「でも……」

「大丈夫だって。あなたが今後のカギになるのは確かだけど、あなただけがカギになるわけじゃないのだから」

（そうだけどさ……）

「もし少しでもガブちゃんのことを思い出したら、考えてくれればいいだけで、今は自分のペースで頑張りなさい」

「ありがとうございます」

俺が頭を下げてお礼を言うと、ウリエル様が耳元で囁《ささや》かれながら立ち去っていった。

（相談してよかった）

真剣に考えすぎていたかもしれない。ウリエル様の言うとおり、俺一人で魔族を止められるわけじゃない。

そして、英雄について調べようとし始めた時、アミエルさんが思っていたよりも早く迎えに来たので、調べることを断念して屋敷へ戻った。

一旦自室に戻ろうとした時、ルーナとクロエが玄関で待っていた。

「「メイソン!!　この前買ったドレス貸して」」

「あ～。了解」

俺は、道具収納《アイテムボックス》を使い、二人にドレスを渡す。

「「ありがと!!」」

「いいえ」

ルーナとクロエがどこかへ行ったため、俺も自室に戻ろうとするが、アミエルさんに肩を叩かれる。

「メイソンさん、パーティに何か着ていく服はございますか？」

「そう言えば、ないですね……」

強いて言えばあるけど、それは勇者パーティ時代に着ていた服であり、今それを着るのは何か違う気がした。

「では、私たちのほうで洋服を準備していますので、こちらへどうぞ」

「ありがとうございます」

アミエルさんの後をついて行き、正装の服を渡されて自室で着替え始める。

（この服、似合っているのかな？）

そう思いながらも、着替えを終えて部屋を出る。アミエルさんに別室へ案内されると、そこには男性が立っていた。

「今から髪形などをセットしますので、椅子に座ってください」

「あ、お願いします」

すると、手際良く髪をセットしてくれた。そして、男性が鏡を見せてくる。

「これでどうですか？」

「!!」

（本当に俺なのか!?）

目を疑うほどかっこよくなっていたことに驚いてしまった。俺は後ろを振り向いて男性にお礼の言葉を伝える。

「ありがとうございます!!」

「いえいえ。喜んでいただき光栄です」

そう言って男性が、扉を開けてくれたため、部屋を後にした。すると、部屋の外にはアミエルさんが立っており、少し驚いた表情を見せながらも案内を続けてくれた。

「食堂で待っていてください」

「はい」

言われるがまま食堂へ向かい、ルーナとクロエのことを待つ。何もすることがないため、呆然としていると扉が開いた。すると、クロエとルーナが俺を見ながら棒立ちをして、二人で何かを話した後こちらに歩いてきた。

「ど、どうかな？」

「似合ってる？」

「……」

ルーナは水色のドレスを、クロエは黒色のドレスを着ていた。はっきり言って、目が離せなかった。

「メイソン聞いてる？」

「ねぇってば!!」

二人が徐々に近寄ってきたことで、やっと我に返る。

「あぁ。本当に似合ってるよ」

「本当に？」

ルーナは首を傾げながら、不安そうな表情をしていた。

「本当に似合ってる」

「そっか。えへへ～」

すると、ルーナとクロエが見つめ合いながらニコニコと笑っていた。そして、二人ともこちらへ近づいてきて褒めてくれる。

「似合ってる」

「本当に似合っている!!」

「あ、ありがとな」

よかった……。いつもよりかっこよくなっていると思っていたけど、それは自分で思っているだけじゃないかと少し不安であったから、二人にそう言われて少し安心した。

「皆さん、今からパーティ会場に案内いたしますね」

「「ありがとうございます」」

全員で屋敷を出るとそこには馬車があり、アミエルさんが指をさしながら案内する。

「これに乗ってください」

「「はい」」

言われるがまま馬車に乗ると、動き始めた。

(俺たちが持っているのと一緒で、魔力で動いているのかな？)

そう思いながらも、ルーナとクロエと三人で他愛のない会話をしながらパーティ会場へ向かい始めた。

◆◆◆

馬車に乗ってから数十分経ったところでパーティ会場に到着する。真っ先に俺が馬車を出て、二人に手を差し伸べる。すると、最初にクロエが俺の手を取り、馬車を降りる。そして次にルーナが俺の手を取って馬車を降りようとする。その時、ルーナが足を滑らしてしまったため、抱きかかえる。

「あ、ありがとう……」

「いいえ」

ルーナがなぜか顔を赤くしながら、そっぽを向いたところでアミエルさんが声をかける。

「案内しますね」

「ありがとうございます」

そして、中へ案内されるとそこには、ガブリエル様やウリエル様がいて、こちらへ近寄ってくる。

「メイソンくん!!　さっきぶりだね」

「ウリエル様。そうですね」

「そこにいるお嬢さんたちは、彼女かな？」

すると、ルーナとクロエが顔を赤くしながらモジモジとし始めた。

「い、いや違いますよ」

流石にルーナとの婚約を保留にしてもらっているとは言えない……。

「そっか。じゃあ借りるね」

「え？」

ウリエル様が突然腕を組んできた。それを見たルーナがすぐさま間に入り阻止する。

「ダメ‼」

「あ、そうなのね……」

「メイソンをいじるのはやめてください」

「あ〜もしかして」

クロエの発言を聞いて、ウリエル様がクロエの真横に立って、耳元で何かを囁いた。すると、クロエの顔が真っ赤になる。

「ウリエル様‼」

「ごめんごめん。まあ今日は楽しんでよ」

ウリエル様がそう言ってこの場を立ち去っていった。そして、ガブリエル様がウリエル様の件を俺たちに謝って後を追っていった。

そして、パーティがスタートした。今回開かれた理由は、俺たち三人が来客として天使国《テウター》にきたため、親睦を深めることらしい。

（まあ、ここに来る人なんて滅多にいないもんな）

そう思いながらも、いろいろな人たちと話していると、あっという間に一時間ほど時間が過ぎてしまい、少し休憩を挟もうと外に出ようとしたら、ガブリエル様が俺の元へやってきた。

「昨日話したいことがあるって言ったけど」

そう話しかけられた時、ガラスが割れる音がして、そこから見たこともない存在が中へ入ってきた。

（え、あれはなんだ？）

驚いているのも束《つか》の間《ま》であった。見たこともない二体の存在がパーティ会場に乗り込んできて、近くにいた人たちを攻撃し始めた。

（やばい。このままだと……）

俺とガブリエル様は即座にそちらへ向かうと、そこにはすでに数人倒れている天使の方々が居た。

「あれってなんですか？」

「多分魔族……」

「え？　でもあんなの見たことないですよ？」

今まで魔族と何度か戦ってきたけど、こんな存在はいなかった。今目の前にいる奴は、はっきり言って異質の存在。人間の形をしておらず、体に肉はなく、骨でできており、目が一つしかない。

「あれは、でも……」

ガブリエル様がそう言った瞬間、槍を持っている一体が近寄ってきて、攻撃を仕掛けてくる。俺は瞬時に道具収納《アイテムボックス》から魔剣《グラム》を取り出して、その攻撃を防ぐ。

（お、重い……）

今までここまで重い攻撃を受けたことがないが、弱音を吐いている余裕すらない。今は時間を稼ぐのが最優先のため、槍で何度も攻撃を仕掛けてくるのを、奥義《ながれ》で受け流す。

だが、それもそう長くは続かなかった。数分も経たないうちにもう一体も近寄ってきて、二体同時に攻撃を仕掛けてくる。槍を持っている奴の攻撃を防ぐと、一瞬の隙をついてきて、攻撃を受けてしまう。

（ウ……）

その後も、今と同じような攻防を続けていき、五分と経たないうちに体がズダボロになっていた。

（自動回復でも間に合わないよな）

次の攻撃を受けたら、立っているのも厳しい。そのような状況に陥った時、一人の女性が俺の前に立った。

「今まで時間を稼いでくれてありがとう」

「……。あなたは？」

「ミカエルだ。私が後は受け持とう」

すると、二体の魔族と高度な戦闘を繰り広げ始めた。俺が後退して距離を取っていると、後ろからルーナとクロエがやってきた。

「「遅れてごめん」」

「あぁ。避難を促していたんだろ？」

「「うん。でも来るのが遅れて……」」

「生きているから大丈夫だよ」

多分、ルーナとクロエが戦闘している時にいてくれたら、もっと楽に戦えていたはずだ。でも、二人がここにいる天使の方々を避難及び護衛として一緒に行動をしてくれなかったら、もっと戦いづらかったに違いない。

そうじゃなくても、この室内の会場で魔法を使うことができない。近くに天使の方々が居たら剣すら振ることができなかったはず。

すると、ルーナが俺に光回復《ホーリーヒール》を使い、回復をしてくれる。そして、三人でミカエル様と魔族二体の戦闘を見ているとルーナが尋ねてきた。

「あの人は誰なの？」

「ミカエル様だ」

「『え？　ミカエルってあの？』」

「あぁ」

ミカエルとは、聖書にもよく出てくる天使長である。だからこそ名前を聞いた時、安心して戦闘を任せることができた。

その後、三人で目の前の戦闘を見つつ、ルーナによって回復をしてくれているところにガブリエル様とウリエル様が近寄ってくる。

「メイソンくん大丈夫？」

「はい。それよりもガブリエル様こそ大丈夫ですか？」

そう。魔族たちと戦闘が始まる時、俺と一緒に居たのはガブリエル様だった。戦闘をしていて、ガブリエル様にまで気をまわすことができなかったため、今日の前に居てくれて少しホッとしている。

「私はメイソンくんが時間を稼いでくれていたからミカを呼びにいくことができた。本当にありがとう」

「こちらこそありがとうございます」

ミカエル様が居なかったら、確実にどこか大きな負傷をしていたのは間違いない。

「あの、ウリエル様」

「ん？」

「あいつらは何なのですか？」

「あれは……。悪魔だよ」

「え、悪魔？」

戦闘が開始する前にガブリエル様から魔族だと聞いていた。それなのに今、ウリエル様は魔族では無く悪魔と言った。

（悪魔ってなんだ？）

ふと疑問に思う。すると、俺の顔を見ているウリエル様が説明を始めてくれた。

「君たちは知らないと思うけど、悪魔っていうのは、魔族の中でも特殊な存在なんだ。簡単に言えば、魔族の生き残りの一種だね」

「……。そうなのですね」

（そんな存在が居たなんて……）

でも、俺たちが知らないだけで、そういう存在がいるのは納得できる。なんせ、俺たちは、ここに来て世界の一部しか知らずに生きてきたんだなと、俺たち自身が一番実感している。

「うん。でも悪魔がいるってことは……」

「そうだね。メイソンくんはもう戦えないかい？」

「いえ、ルーナに回復してもらったので戦うことは可能です」

さっきの戦闘では魔法を使っていないため、肉体的疲労だけであったが、それも光回復《ホーリーヒール》で回復してもらったため、先程までとはいかないが、それなりに戦える体にはなっている。

「じゃあ、ミカの援護に行ってくれないかい？」

「わかりました」

ガブリエル様とウリエル様に言われるがまま、ミカエル様のところへ向かう。そして、槍を持っている悪魔の目の前に立った。

「加勢します」

「助かる」

そう言って魔剣《グラム》を引き抜くと、後ろからルーナとクロエが来てくれて、接近戦では俺とクロエと悪魔の戦闘が始まった。

まず最初に、ルーナが俺とクロエに対して守護《プロテクト》を使ってくれる。

（こんな使い方もあるのか!!）

今までの守護《プロテクト》は、敵からの攻撃を防いでくれる使い方をしていたが、今回は俺とクロエの身にまとうようにしてくれた。

そして、俺とクロエがアイコンタクトをして、攻撃を仕掛ける。悪魔に向かってクロエが攻撃を仕掛けるが、軽く受け流して反撃を仕掛けてくる。

(!!)

俺は悪魔の攻撃を奥義《ながれ》を使い、受け流しつつクロエと一緒に距離を取る。

「ごめん」

「いや、俺が見誤っていた」

そう、これに関してはクロエが悪いわけじゃない。俺もクロエの攻撃で悪魔は怯むと思っていたし、クロエも同様だと考えていたはずだ。だけど、思っていた以上に悪魔が強かった。それだけのこと。

「ルーナ、少し時間を稼いでほしい」

「わかった」

すると、ルーナが俺とクロエの周りに完全守護《プロテクション》を張ってくれて、悪魔の攻撃を防ぐ。

「クロエ、考えを変えよう。俺が時間を稼いで、トドメはクロエが刺すんだ」

「え？　でもそれだと確実性が……」

「大丈夫。俺はクロエを信じるよ」

「……」

重荷に感じてしまうかもしれない。でも、ルーナやクロエが居たらもっと楽にことが運べたと思うシーンも多かった。だからこそ、俺もルーナやクロエのことを心の底から信じられる。

「じゃあ、行くよ」

「うん」

そして、ルーナが完全守護を解除したのと同時に、魔剣《グラム》に風切《エア・カッター》を複合させて攻撃を仕掛けた。すると、悪魔が一旦距離を取ろうとしたが、剣の周りを風が覆っており、骨に少しヒビが入る。

そして、もう一発攻撃を仕掛けようとしたが、悪魔も避けることを止めて、槍で迎え撃ってきた。

(今だ!!)

「クロエ!!」

「わかってる!」

魔剣と槍がぶつかり合った瞬間、お互いが怯む。その一瞬の隙をクロエは見逃さず、悪魔の片腕を斬り落とした。

そして怯んでいる悪魔にとどめを刺そうとした時、奥の方から一瞬だけ禍々《まがまが》しい殺気を感じて、クロエを抱き抱えて距離を取る。

「どうしたの?」

「あれは……。やばい」

「え?」

俺とクロエが悪魔のほうを向いていると、いきなり建物に衝撃が走った。

(は?)

先程まであった建物が一部半壊して、俺たちの目の前に黒い翼をもった天使が現れた。

「あら、こんなところに人間がいるなんて珍しいわね」

「……」

（あれは、やばい……）

多分、先程少し感じた殺気のもこの人からだと思う。こんな感覚、魔界に行ってリーフを殺した時に出会った魔族と同じ感じだ。

今の俺たちじゃ勝てない。

（でも、どうする？　逃げるか？）

今目の前にいる相手に対してできるはずがない。絶対に誰かが死ぬ。

「そっちにいるのが狐人族で、奥にいるのがエルフね。ふ〜ん。あの人が言っていたこともあながち間違っていないのかも」

「……。あなたは誰ですか？」

力を振り絞って質問をする。時間を稼げれば、もしかしたらミカエルさんが援護に来てくれる可能性もある。

「あ〜。私はルシファーよ」

「ルシファーって……」

「あら、知っているのね。嬉しいわ」

「……」

堕天使ルシファー。四大天使と同じぐらい有名な天使。いや、堕天使。

「でも残念ね。今回言われたことは、人族を殺すことだから」

そう言って、瞬時に俺の目の前に移動してきて、攻撃を仕掛けてくるが、それをギリギリのところで回避する。すると、驚いた表情でこちらを見てくる。

「今の攻撃を避けるのね。流石は英雄」

「なんなんですか、英雄って。俺は……」

「そんなの知らなくていいわ。あなたはここで死ぬのだから」

話を終えると、俺に向かって攻撃を何度も仕掛けてくるが、ルーナが守護盾《プロテクト・ガード》で守ってくれる。

「は〜。面倒くさいけど、しょうがないわね」

すると、ルシファーが先程倒し損ねた悪魔に何かをして、みるみるうちに損傷していた傷が癒《い》えて行っていた。

「クロエ。ミカエル様を呼んできてくれないか？」

「え？　でも」

「わかっている。だけど、それしかない」

そう、もうこれしか方法がない。先程までは防ぐことに徹して、ルシファーの攻撃をうまくかわしていたが、悪魔まで復活した今、それができるとは限らない。なら、少しでも悪魔を倒すか退けることができる可能性があるミカエル様を呼んできてもらうのが最善だ。

「それは、ルーナにやってもらいましょう」

「でもそれだと!!」

接近戦で戦うクロエが危険にさらされる。接近戦で一番最初に狙われるのは、弱いほうだ。それは、戦闘に対しての基礎。だからこそ、クロエが残ると……。そう考えると、頭の中で最悪の事態がよぎる。

「いいから。私が残るわ」

クロエがそう言った時、俺たちの後ろから突風が舞い込んできた。そして、そこにはミカエル様が立っていた。

「遅れてごめん」

「「え、なんでここに?」」

「悪魔が来たってことは、ルシファーがいるって予想がつくからね」

そう言いながら、ルシファーのほうを見る。

「ミカエルーー」

ルシファーは、ミカエル様に向かって睨みつけながら怒鳴ってきた。

「……」

「お前を殺す」

「そうだね。そろそろ決着をつける時期かもしれないね」

ミカエル様がそう言うのと同時に、ルシファーと戦闘を繰り広げ始め、光の速度で繰り広げられている攻防を目で追うことが精一杯であった。

（なんなんだよあれは……）

はっきり言って次元が違う。先程までルシファーが俺に向かって攻撃を仕掛けて来たのが遊びだったのではないかと思ってしまうほどだ。でも、今ミカエル様とルシファーが戦っているのは、空中戦。天使族が真骨頂を出すのは空中であることから、ここまで高度な戦いができているんだなとも納得できる。

（さて……）

「二人とも、俺たちも仕事をしようか」

「えぇ」

「うん」

二人にも言ったが、まずは目の前の敵だ。ミカエル様が来てくれて状況が少し楽になったが、危険な状況には変わらない。目の前にいる悪魔も結局は、俺一人では勝てる相手ではない。すると、クロエが不思議そうに首を傾げた。

「そう言えば、メイソンはなんでこいつらに略奪を使わないの？」

「使わなかったわけじゃなくて、使えなかったんだ」

「え？」

「いや、厳密に言えば使える状況がなかった、だね」

そう、略奪を使うとどうしても一瞬の隙ができてしまう。だが、悪魔やルシファーと戦っていた際、そんな隙を見せてしまったら確実に俺かクロエのどちらかが戦闘不能になっていた可能性が高い。

「そう。今戦っても使えない？」

「そうだね。それに加えて略奪を使った対価が少ない」

「え、それってどういう意味？」

「さっきまでの戦闘で悪魔が魔法を使った場面が一度もなかったことから、魔法とか技ではなく、己の力のみで戦っている可能性が高いってこと。だから対価が少ない」

一回目に略奪を使うなら、こんなことを考えなくてもよかったけど、すでに一度手を合わせている。相手から盗めそうなものがないのに略奪をする意味がない。

まずもって、略奪は万能なわけではない。使用する相手が魔法などを持っていなかったら弱体化はしないし、何なら略奪を使っている隙をつかれる可能性だってある。

「そうね。じゃあ今までどおりに戦いましょう」

「あぁ」

すぐさまルーナにアイコンタクトを送ると、すぐさま俺たちに守護《プロテクト》を張ってくれる。そして、俺とクロエは同時に悪魔へ攻め込む。すると、悪魔が俺たちに向かって槍で攻撃を仕掛けてきたので、俺が全て受け流す。

そして俺が、魔剣《グラム》を使ってうまく槍を上空に飛ばした時、クロエが悪魔の首元へ飛びついて斬り落とした。

（え？　こんな簡単に倒せたけど……）

流石に驚きを隠すことができなかった。こんなあっさりと目の前にいる悪魔が倒せるなんて思いもしなかった。

「や、やったのよね？」

「た、多分……」

目の前には悪魔の死体がある。それなのに心がざわついてしょうがない。

（何なんだこれは……？）

でも、気のせいだろうと思い込んで、悪魔に背を向けて歩き始めると小さな音が聞こえた。

（何の音だ？）

すぐさま後ろを振り向くと、クロエの真後ろに悪魔が立っており、槍で突き刺そうとしていた。

「クロエ!!」

「え？」

俺はクロエの手を引っ張り、俺と場所を交換した。そしてその次には、俺の腹部に槍が突き刺さっていた。

「「い、いやぁぁぁぁぁ」」

二人の叫び声が聞こえる中、悪魔が槍を抜こうとしたのを見逃さず、魔剣《グラム》に今使える最大火力の魔法、炎星《アトミック・フレア》を組み合わせて痕跡《こんせき》が残らないほど焼き尽くした。

（よし、これで悪魔は倒せたはず……）

腹部に刺さっている槍を引き抜くと、血が大量に出てきて意識が徐々に遠のいていく。その時、ルーナとクロエが駆けつけてきた。

「ルーちゃん!!」

「わかってる」

ルーナが泣きながら光回復《ホーリーヒール》を施してくれる。だが、それ以上に血の出て行く量が多かった。

数分間ルーナが俺に光回復を施してくれているが、一向に治る気配がなく、すでに目の前も見えなくなってきていた。

「ル、ルーナ。もういい」

「い、いや!!」

「ルーちゃんお願い……」

先程よりも魔力を多く注ぎ込んでくれているのが分かるが、それでも治る気配はなく、徐々にルーナも顔色が青ざめてきた。

「ルーナ……。もう止めろ」

「……」

ルーナは無言で俺に光回復を使う。

(もう無理だ)

自分が治らないことを一番わかっている。もうルーナの魔法じゃ治ることはないということが。

二人のほうを向くと、クロエとルーナは泣きながら何かを問いかけているのがわかるが、聞こえない。

(あぁ。俺ってここで死ぬのか)

なんでもっと素直にルーナとクロエに接してこなかったんだろう。でも、最後は自分自身で決めたことを成し遂げられてよかった。

【英雄になるより、大切な人を守ることが最優先】

死ぬのは怖い。でも、見ず知らずの人を助けて死ぬより、今一番大切だと思っている人たちを助けて死ぬならまだいいじゃないか。

そう思いながら目をつぶると、うっすらと声が聞こえたけどそれを聞き取ることができなかった。

そこは辺り一面真っ白な場所であった。

（ここってもしかして……）

そう思いながら、周りを見回すと案の定、小さな男の子が立っていた。

〔英雄神。お久しぶりです〕

〔久しぶりだねメイソン〕

〔一つ質問なんですけど、なんで俺はここにいるのですか？〕

俺は悪魔によって突き殺されたはずだ。それなのに今、こうして目の前には英雄神が存在している。

（ここは死後の世界なのか？）

いや、そんなことはない。そうであったら、英雄神と何回か会っている俺は死んでいるはずだ。

（だったらなんで俺はここにいるんだ？）

〔そうだね～。まあ簡単に言えば死ぬ直前で君を引き止めたって感じかな？〕

〔え、そんなことできるのですか？〕

〔まあそうだね。何個か条件はあるけどね〕
〔俺は死ぬのですか？〕
そう、今はそんなことどうでもいい。俺は死ぬのか、死なないのか。もし死ぬのなら、やるべきことはないが、死なないのなら早く現世に戻してほしい。
〔う～ん。今のところ難しい〕
〔それってどういう意味ですか？〕
〔まあまあ。そうカリカリしても疲れるだけだよ。君には一つ伝えておかなくちゃいけないことがある〕
〔……〕
今はそんなことどうでもいいんだよ。あそこに戻れるなら戻って、早くミカエル様たちの援護をしに行かなくちゃ……。
〔君が英雄って言われているけど、それは必然的になったものであって、偶然英雄になった人もいるんだ〕
〔は、それってどういう意味だ？　英雄になるのに偶然とか必然とかってあるのか？〕
〔君は僕の力――略奪を持っていて、必然的になった英雄。それとは別に、偶発的にできた英雄がいるんだ〕
〔それって誰ですか？〕
その時、いきなり眠気が来て、膝《ひざ》を崩す。

｛あ〜。あの人がきたね。じゃあ｝
｛え……｝
｛まあ気をつけてね｝
英雄神が手を振っているのを見ながら目を閉じた。

◆◆◆

目を開けると、目の前にはルーナが涙を流していて、クロエは俺の胸に顔をうつ伏せていた。俺はルーナの頬を触り、クロエの頭に手を当てながら声をかける。

「不安にさせてごめん」

「「え!?」」

二人は驚きながら俺の顔を見てきた。すると、ルーナは徐々に涙を流しながら抱きしめてきて、クロエは何度も謝ってきた。

「よ、良かった……」

「ごめんなさい。ごめんなさい」

（あぁ。俺はクロエにこんな表情をさせてしまったのか……）

「クロエ、本当にごめんな」

「え？　なんでメイソンが謝るの？」

「クロエに負担をかけすぎた。ごめんな」

「違う‼　私がもっと注意していれば……」

そんなわけない。あの時、悪魔がクロエを刺そうとしていたが、きちんと音が聞こえたかといえばそうではない。聞き取れるか微妙な音であった。だからクロエがミスをしたというわけではない。

「大丈夫。あの人が来るはずだ」

「『え？』」

英雄神が最後に言った言葉を考えれば、おおよそ来る人は予想ができる。すると、案の定一人の女性が来た。

「回復しますね」

「お願いします」

「あら、あなたは私が誰かわかるのですね」

「まあ……」

俺とこの人で話を進めていると、ルーナとクロエは首を傾げながら警戒をしていたので安心させるために紹介をする。

「ラファエル様。ミカエル様とルシファーの戦闘はどうなっていますか？」

「今戦っているところだと思いますよ」

「なら、早めにお願いします」

俺がそう言うと、ルーナとクロエがラファエル様に食ってかかった。

「早めじゃなくていいです‼」

「え？　二人とも何を言っているの？」

早く俺はミカエル様のところへ参戦しなくちゃいけないのに……。

「メイソン、行かないで……」

「そうだよ……。もうあんなの嫌」

「……」

二人は泣きながら俺にしがみついてきた。

「最初にミカエル様とルシファーが戦っているのを見たでしょ？　メイソンでも無理だよ。それに今の体じゃ……」

「お願い……」

すると、ラファエル様が空を見ながら
「大丈夫よ。あの戦いはもうすぐ終わる。だから軽く回復してからあそこへ行きましょう」

「なんでそんなことが分かるのですか？」

魔族が関わっている以上、ガブリエル様が神からのお告げを受けたとは考えにくい。だったらなんで……。

「それは簡単よ。そろそろルシファーの力が落ちてくるからよ」

「え？」

「ミカエルとルシファーだと、相性が悪いの。だからこそもうすぐ終わる」

そう言いながら、俺の傷を癒やしてくれた。

「それにしても本当によく生きていたわね」

「あはは……。本当に謎ですね」

自分でもなんで生きているのかわからない。

「まあもう終わったし、行きましょうか」

ラファエル様がそう言って歩き始めたので、俺も立ち上がろうとしたら、思っていた以上に疲労していたようで、膝を崩す。それを見たルーナとクロエが心配そうな表情をしながら肩を支えてくれる。

「「いこっか」」

「あぁ。ありがと」

そして、三人でラファエル様の後を追った。そこから数分程歩いたところで、ラファエル様とガブリエル様、ウリエル様が立っていた。俺たちもそこへ行くと、全員がミカエル様とルシファーの戦闘を見ていた。

「そろそろ終わるわね」

「えぇ」

「そうね」

すると、数分も経たないうちにラファエル様が言ったとおり、ルシファー様が何かを言ってこの場を去って行った。そして、ミカエル様がこちらに降りてきて、真剣な顔をして俺たちに話しかけてきた。

「今日はあれだけどメイソンくんたち、明日にでも少し話したいことがある」

「はい……」

そして後処理は他の天使族の方たちがしてくれるそうなので、俺たちは屋敷へ戻った。

中へ入ると、アミエルさんが頭を下げてきた。

「本日は誠に申し訳ございませんでした」

「え？」

「今回に関しましては、私たちの不手際です。本当に申し訳ございません」

「いいですよ。それに助けるのは当たり前のことですので」

今回巻き込まれたのだって、天使族の方々が悪いわけじゃない。それに、客人だからとか関係なく、困っている人がいたら助ける。そんなの当たり前だ。だから謝られる筋合いなんて無いんだけどなぁ。

「メイソンさんはお優しいのですね」

「あはは……。みんなこんなもんですよ」

その時、槍が刺さった腹部から激痛が走った。

（う……）

表面上は怪我をしているようには見えないが、多分内部に大きな損傷を受けているのかもしれない。

俺が腹に手を当てていると、ルーナとクロエが俺の表情を見て、急いでこちらへ駆け寄ってきた。

「「大丈夫!?」」

「あぁ。明日ラファエル様にきちんと見てもらうよ」

結局あの後、ラファエル様たちは重傷者の救助及び、復旧作業に入ってしまったため、きちんと見てもらうことができなかった。

「そう。それならいいけど」

「あぁ。俺は先に寝るよ。おやすみ」

「「おやすみ」」

そして、俺はすぐに自室に戻って就寝した。

翌朝、起き上がろうとすると昨日の数倍、腹部から激痛が走る。

（いってぇ……）

なんで昨日より痛いんだ？　あれか、アドレナリンってやつなのか？

（この痛さだと、あまり動けないな……）

ラファエル様、俺の傷治してくれるかなぁ？　もし治せなかったりしたら、どうしよう？　流石にガイルさんへ報告しなくちゃだしなぁ。

そう思いながら、部屋を出ようとした時、クロエが言う。

「メイソン、起きてる？」

「今出る」

部屋を出ると、クロエが心配そうな表情でこちらを見ていた。

「どうした？」

「生きてるよね？」

クロエはそう言いながら、俺の顔をベタベタ触ってきて、少しホッとした表情になった。

「生きているけど、どうしたんだ？」

「だって、昨日……」

「あ～」

昨日のこと、まだ引きずっていたのか……。でもそうだよな。俺がクロエの立場だったら、今後ずっと引きずってしまうかもしれない。それを考えたら、翌日なんて心配するに決まっているよな。

俺はそっとクロエの頭に手を置いて、撫で始める。

「え？」

「昨日のは、クロエが悪いわけじゃない。だけど、もしそれでも罪悪感があるなら、一緒に強くなろうぜ。そして次はクロエが俺を助けてくれ」

そう。昨日おれが刺されたのは、クロエが悪いわけじゃない。俺たちが未熟だったがゆえ起こってしまったこと。だけどそんなことを言っても、クロエは自分を責めてしまうと思う。だったら、解決策も一緒に言ってあげるのがベストだと思った。

「うん……」

「じゃあ、下に行こうぜ」

「うん」

クロエに肩を貸してもらって、食堂に下りる。すると、そこにはすでに料理が置いてあった。

「メイソンおはよ。さ、食べよ」

「ルーナおはよ。それとアミエルさんもおはようございます」

「はい。おはようございます」

そして、全員が椅子に座ったところで食事を取り始めた。そこで、アミエルさんから、食事が終わり次第王宮へ行ってほしいと言われたため、すぐさま朝食を食べ終えて屋敷を後にした。

王宮へ着き、四大天使がいるところへ到着すると、ラファエル様がこちらへすぐ駆け寄ってきて
「昨日は治療することができなくて本当にごめんなさい」

「大丈夫ですよ。今日回復してもらうことは可能ですか？」

「えぇ。いますぐ治療させて頂くわ」

すぐさまラファエル様が俺に向かって回復魔法を唱え始めた。すると、俺の腹部にあった傷がみるみる内に治っていき、痛みも同時に引いていった。

（すごい……）

これが四大天使。ラファエル様の力か……。実際に使われてみてわかる。そこら辺の回復術師とはレベルが違う。

つい昨日まで、一緒に戦っていたから思い浮かばなかったけど、俺は目の前に四大天使全員がそろっていることに実感がわいて驚きを隠しきれなくなった。

「ありがとうございます」

「いいのよ。メイソンくんには感謝してもしきれないから」

「……」

感謝されることなんて何もない。なんせ、ルシファーを追い返したのはミカエル様だし、後処理も他の方たちがやってくれた。俺がやったのなんてほんの少しだ。だからこそ感謝される筋合いなんてないと思ってしまう。

そう考えていると、ミカエル様が声をかけてきた。

「ラファ。回復が終わったらメイソンくんと話したいから、後にしてくれないか？」

「わかったよ～。ごめんね」

「あ、はい」

そして手招きされるがままミカエル様の目の前に行くと、ガブリエル様、ウリエル様、ミカエル様、ラファエル様全員が頭を下げてきた。

「まず昨日は本当にありがとう」

「え、はい……」

そんなことしなくていいのに……。

「それと君たちには一つ伝えておかなくてはいけないことがある」

「なんですか？」

三人で目を見合わせると、ミカエル様が真剣な顔で言う。

「エルフ国が危ない」

「「「え？」」」

ルーナが絶望した表情になっていた。当たり前だ。俺だって、母国が襲われると言われたら絶望するのだから。すると、俺の腕にしがみついてきた。

「メイソン、どうしよう……」

「どうするって……」

そんなの助けに行くしかないだろ。でも、俺たちが助けに行ったところで、本当に助けられるのか？　俺の優先事項はルーナとクロエを守ること。そして、それはルーナの父親であるエリクソンさんからも頼まれている。

それなのに、俺たちが戦場に向かっていいのか？　そう考えていた時、ミカエル様が提案をしてきた。

「今回は私たちも助けに行きます」

「いいのですか？」

素で質問してしまった。なんせ、天使族が人界とかに下りる際も、ばれないように下りていたと言っていた。

「えぇ。それに今回の件は私たちにも問題がありますので」

「「あ、ありがとうございます」」

ウリエル様たちが来てくれるなら、今回の戦争も非常に事を進めることが楽になる。すると、クロエがミカエル様に向かって問いかけた。

「そういえば、なんでウリエル様はエルフ国が襲われるってわかったのですか？」

「それは昨日、ルシファーを追い返した時、下界を襲うと言っていた」

「なら、尚更《なおさら》わからなくないですか?」

クロエの言うとおりだ。ルシファーが下界を襲うと言っていても、それがエルフ国とは限らない。

なんなら、襲われる可能性が低いに決まっている。下界にはエルフ国以外にもさまざまな国がある。

(それなのになんでピンポイントでエルフ国って言いきれたんだ?)

「まず前提としてエルフ国は天使国《テウター》に最も近い国になっている」

「え? でもエルフ国から結構ここまで時間がかかりましたけど?」

そう、エルフ国からここに来たわけではない。何なら、火山地帯からエルフ国まで結構な距離がある。

「それは、私たちが天使国に魔法をかけているから」

「……?」

俺たち三人は首を傾げながらミカエル様を見る。

「天使国に来る方法は、この場所を知っている人が紹介しなくちゃ来ることができないんだ」

「でもそれって理由にはなっていないですよね?」

「まあ急ぐな。普通は、天使国に行く方法を知っている者。簡単に言えば、天使国《テウター》への転移魔法を使える者に限るんだ」

「……」

もう驚きすぎて何を言っていいかすらわからない。なんせ、転移魔法っていうのは、存在しないはずの魔法。だからこそランドリアなど、世界各国で転移結晶が譲歩されているんだ。

「だから、君たちはここに来るとき気づかなかったかもしれないけど、あの時アミエルとかは転移魔法を使っているってこと」

「じゃあ俺たちに転移魔法を使うこともできるのですか？」

「まあそうだな。だが、一つ条件がある」

ウリエル様は、真剣な表情をしながらそう言った。

「私たちが下界へ下りる際、エルフ国に話を通してほしい。そして転移魔法のことは他言無用でお願いしたい。これが条件だ」

俺はすぐさま、ルーナのほうを向いた。このお願いに関しては、俺の一存で言える範囲を超えている。俺が今、いいですよと言ったところで、エルフ国に話を通すことはできないし、他の国も同様だ。

すると、ルーナとクロエが胸を張って答えた。

「エルフ国なら任せてください」

「狐人国なら私が話します」

「それは助かる」

「じゃあ今すぐにでも‼」

ルーナがそう言うが、ウリエル様たち全員が首を横に振る。

「今すぐ行ったところで、あいつらに居場所がバレたら意味がない。だからあいつらが攻め込んでくる少し前に行こうと思っている」

「でも、それだと‼」

ルーナの言いたいこともわかる。今すぐ向かえば、エルフ国の住民たちの危険性がより減る。だけどウリエル様たちが言うとおり、もし俺たちがエルフ国に居ることがバレてしまうと、他国などにも被害が及ぶ可能性がある。

「本当にすまない」

「じゃあ、最初は少数でエルフ国に向かい、魔族たちが攻め込んでくる時、天使族の方々には来てもらうっていうのはどうですか？」

最初から大人数で行くからバレてしまうのであって、少数精鋭で行ったらバレる可能性も低い。もし、エルフの方々が準備をし始めても、それが魔族の進行を止めるためなんて考えるはずがない。

すると、ウリエル様たちが何か話したのち質問してきた。

「……。わかった。でも誰が行くんだ？」

「俺たち三人とラファエル様、ウリエル様でどうですか？」

「なぜラファとウリエルなんだ？」

万が一、天使族の方々が間に合わなかったとき、ラファエル様の魔法で傷を癒やして時間を稼いでもらうこと。そしてウリエル様に関しては、知識が豊富なので戦い方なども教えてもらえると思う。

そうミカエル様に説明をすると納得してくれたようだ。

「わかった。じゃあ五人は先にエルフ国へ向かってくれ。私たちは数日後から始まると予想されるから、その時に向かわさせてもらう」

「「はい。ありがとうございます」」

話が終わり、すぐさまラファエル様とウリエル様と共に外へ出ると、そこにアミエルさんが居た。

「私も連れて行ってください」

「なんでだ？」

「少ししか絡みがありませんが、メイソンさんたちとは友達だとも思っています。だから……」

「わかった。じゃあ六人で行ってきてくれ」

「ありがとうございます！」

そして、俺たち六人は転移魔法によってエルフ国へ向かった。

第四章
最終決戦

転移された場所は、エリクソンさんたちがいる王宮から徒歩十分もないところであった。まず俺は道具収納《アイテムボックス》からフード付きの大きな服を三着出して、ラファエル様たちに渡す。

「これを着てください。これで一応は天使だとバレないと思います」

「わかった」

ラファエル様がそう言うと、三人が服を羽織った。そして天使とバレないことを確認して、ルーナに道案内をしてもらいながら王宮へ向かった。王宮の目の前にたどり着くと、警備しているエルフの方が言う。

「ルーナ様にメイソン様。どうぞ中へ」

「ありがとう」

そして俺たちが中へ入ると、案の定エルフの方々は魔族が攻め込んでくるなんて微塵《みじん》も考えていないようなそぶりを見せていた。

(なんでエルフ国なんだよ……)

今後のことを考えたら胸糞《むなくそ》悪くなりながら王室へ向かっていると、数人の騎士に止められる。その中の一人であるディックさんが丁寧に挨拶をしてきた。

「ルーナ様にメイソン様、クロエ様お久しぶりです」

「久しぶり」

「今から国王と面会ですか?」

「うん」

ルーナがそう言うと、ディックさんを含めるエルフの騎士たちが俺たちの目の前に立ちはだかる。

「誠に申し訳ございません。お三方なら入ることを許可できるのですが、後ろにいる方々は……」

「悪い。だけど目をつぶってくれ」

「それは……」

今ここで後ろにいる方が天使ですよなんて言えない。すると、ルーナが真剣な顔をしながら言った。

「もしこの人たちが問題を起こしたら私が全責任を負います。だから通してください」

「⁉　ルーナ様がここまで言うなんて……。わかりました」

ディックさんがそう言って道を開けてくれる。

「ありがと」

「いえ。本当に成長いたしましたね」

「うん」

ディックさんたちに会釈をした後、すぐさま王室へ向かった。そして、目の前に到着するとルーナがノックもせずに扉を開けた。

「誰だ？」

「パパ。ただいま」

「え？　なんでお父さんがいるの⁉」

「まあいろいろあってな」

クロエが驚きながらそう言った。そりゃあ俺も驚いた。なんせ、クロエのお父さんであるロンローリ様もここにいたのだから。

「おかえり。急にどうしたんだ？　それに口調も昔みたいにパパに戻っているぞ」

「今から真剣な話をしたいから、ここには私たちとパパだけにしてもらえない？」

「ロンローリ君も出したほうがいいかい？」

そこで俺が会話に加わる。

「いえ、ロンローリさんもいて都合がよかったです」

「そうかい」

そう言って、エリクソンさんとロンローリさんを除いた騎士たちを部屋から出す。

「それでなんだ？」

「そう言えばママは？」

「ユミルは……。今はリリエットさんと話しているよ」

「そっか。じゃあ話すね」

ルーナが一呼吸しながら俺のほうを一瞬向いて、淡々と今まであったことを話し始めた。

魔族が襲ってこようとしていることと、天使族の方々が助けに来てくれること。それ以外にも今後起きそうなことを。そして、エリクソンさんとロンローリさんが驚いた表情をした後、俺のほうを向いて詰め寄ってきた。

「「今のは本当かい？」」

「はい」

「でも、信じがたいな。天使がいるなんて……」

(まあそうだよな)

俺も、天使がいるということや魔族が攻め込んでくるなんて言われて、すぐ信用するなんて難しい。

だからこそ、ラファエル様たちについてきてもらった甲斐《かい》がある。

「それは今から紹介する人に会ってもらえばわかると思います」

「え、それって……」

俺はラファエル様たちに視線を送ると、三人が前に出てきて、羽織っている服を脱いだ。

「お初にお目にかかります。四大天使の一人、ラファエルです」

「同じく四大天使の一人、ウリエルです」

「メイソンさんたちの友達であるアミエルです。よろしくお願いいたします」

三人が一斉に自己紹介をすると、エリクソンさんとロンローリさんが驚いた表情で三人を見ていた。

「えっと、エルフ国の当主、エリクソン・アークレスです」

「狐人国の当主、ロンローリ・シャーリックです。よろしくお願いいたします」

「「はい。よろしくお願いいたします」」

もう一度、頭を下げながらラファエル様やウリエル様、アミエルさんが言った。そして、ラファエル様が一歩前に出て言う。

「今回、私たちはエルフ国の手助けをしに来ました」

「ありがとうございます」

「ですが、一つ条件があります」

それを聞いた俺たち全員が驚く。条件があるなんて聞いていなかった。もしかしたら、天使のことを他言無用にすることかとも思ったが、それはラファエル様たちがここに来て魔族と戦う時点で、いずれバレるに決まっている。

「なんでしょう？」

「私たちと同盟を結んでほしい」

「同盟ですか？」

「はい。私たちも今後次の段階に入ろうと思っています。それには下界である国と同盟を結んだほうがことを進めるのが楽ですので」

（あ〜）

今の発言を聞いた俺たちは、納得した。俺たちに課せられた条件の一つに、国に話をつけてほしいとあった。それを今言ったってことなのか。

「それでしたらいいですよ」

「ありがとうございます」

「ロンローリさんはどうですか？」

「え？　私もですか？」

話を振られたロンローリさんも驚いた表情をしていた。

「はい。私たちはルーナさんとクロエさんのことを信用しています。なのでどうでしょうか？」

「……。いいですよ」

「では、内容を説明しますね」

ラファエル様がそう言いながら話し始めた。

同盟の内容として、天使族が地上に下りて国に訪ねてきた際、招き入れてくれること。また、天使族が危ない状況に陥った時は助けること。それは同盟なので、エルフ国も狐人国も同様で、危険な状況に陥ったら助けることが条件になっていた。

それ以外にも細かい内容を含めたら、数えきれないほどの内容であったが、エリクソンさんとロンローリさんはすぐさま了承したが、エリクソンさんがラファエル様に質問をする。

「なんで今更同盟なんて組もうと思ったのですか？」

「それは、時が来たとしか言えません」

「……。それは今後危ない状況に陥るってことですか？」

「まあそうですね。より詳しい詳細は今後お伝えいたします」

すると、ロンローリさんとエリクソンさんは頷いた。

(多分、魔族が世界の秩序を崩すってことだよな)

でも俺たちが知っている情報は多分ひと握りだと思う。だからこそ、今は言えない内容とかもあるのかもしれない。それに今後のことを今言ってしまうと、混乱を招く可能性もあるかもしれない。

「それで、これからどうすればいいですか？」

「そうですね……。まずはウリエルと戦術などについて話してください」

「わかりました」

するとロンローリさんがラファエル様に尋ねる。

「私はどうすればいいです？」

「そうですね。狐人国もエルフ国を助けてもらうことは可能ですか？」

「はい。もちろん加勢する予定です」

「では、今から狐人国に行ってもらいたいのですが……。ちょっと待ってくださいね」

そこで、ラファエル様が俺たちの元へやってきて小声で相談してきた。

「どうやって狐人国へ行けばいいですかね？　流石に何度も転移魔法を使うとバレる可能性もありますし」

「あ～」

それもそうだよな。転移魔法を何度も使うってことは、それだけバレる可能性も増えるってことだ。

でも、転移魔法を使わないかつバレないように狐人国の人たちに伝える方法……。

(あ!!)

「ロンローリさん。ランドリアへ行くことは可能ですか？」

「行けますけど、なんでです？」

「私はギルドから火山地帯の調査の依頼を受けています。それをついでに報告してきてほしいのです」

急いで国に戻ると、何か異変を察知された可能性があるかもしれないが、ランドリアへ途中寄ることによって、それも紛れるかもしれない。それに加えて、ガイルさんに伝えてくれることによって、助けに来てもらえる可能性もできる。

「わかりました」

「お願いします」

そこから、ラファエル様とウリエル様はエリクソンさんと今後についての話し合いを始め、ロンローリさんはすぐさまランドリアへ向かい始めた。そして、俺たちは戦闘に備えるために三人でルーナの部屋に向かおうとすると、アミエルさんが声をかけてきた。

「私もついて行ってもいいですか？」

「いいですよ!!」

ルーナがそう言った。そして数分程歩いてルーナの部屋の前に着くとドアの前で止められる。

「ちょっと待ってて」

「「うん」」

（そう言えば、ルーナの部屋に入るのは初めてだな……）

今まで何度もエルフ国に来たことはあったけど、いつも客人用の部屋に案内されていた。

「入っていいよ!!」

クロエが部屋を開けると、中は可愛らしい内装をしていた。

「それでこれからどうするの？」

「そうだな……。まずはやることを決めよう」

「どういうこと？」

「俺たちが最優先にやること。それを決めないと迷いが出てしまう」

そう。戦闘している時、何を最優先にするかを決めないと心のどこかで迷いが出てしまい、支障が起きる。そうなったら、どうなるかなんて考えるまでもない。

「それは……」

「俺は、ルーナとクロエ、他にも大切だと思った人を助けることを最優先にする」

「……。私もそうかなぁ」

俺と同様にクロエもそう言った。

「私は……」

「ルーナが迷うのもわかる。だけど自分の中で、最悪の事態が何なのかを考えてほしい。それを回避するのが最優先事項だと思う」

「私もメイソンやクーちゃん。それに家族を守りたい。だけど国民だって……」

「そっか。だったら俺がルーナを守るから、自分のなすべきことをやればいい」

そのために俺がいる。いや俺たちがいるんだ。パーティっていうのはそういうもんだと思う。俺がルーナの立場で決めろと言われても難しい。だったら、俺たちがルーナのことサポートをすればいい。

そうすれば、ルーナができる範囲が増えるはず。

「ありがとう」

「私もできる限りルーナさんやメイソンさん、クロエさんに力を貸したいと思います」

「ありがとうございます」

そこから、四人でどのように戦うかを話し始めて一時間ほどが経ったところで、ノックが入った。

「姉さん、俺だけど」

「入っていいよ」

そして扉が開くと、不安そうな表情をしながらルッツが中へ入ってきた。すると、アミエルさんのことを見て少し驚きながらも言う。

「姉さんにメイソン兄さん、クロエ姉さんお久しぶりです」

「久しぶり」

「どうしたの？」

「パパから話は聞いた。何日後に魔族が攻め込んでくるの？」

その問いを聞いた俺たちは、アミエルさんのほうを向く。

「そうですね。後一週間と言ったところでしょうか」

「「「「え……」」」」

考えていたよりも、早く攻め込んでくることに俺たち全員が驚きを隠せなかった。

（一週間って……）

あまりにも早すぎる。ラファエル様やミカエル様が数日後とは言っていたが、もっと遅いと思っていた。

「後一週間ってどうしよう……」

「やれることをやるしかないよな……」

今できることは限られている。焦りすぎて、逆に準備が整わないほうが危ない。だから今はウリエル様とエリクソンさんの話し合いでどれぐらいまで止められるか、そしてミカエル様たちがどれぐらい早く援護してくれるかがカギだと思う。

（はっきり言って今は祈るしかできない）

「そうね」

「あぁ」

そこから、四人で内容を詰め始めた。

そんな日が数日続いて、あっという間にエルフ国についてから数日が経ち、俺たちが何をするのかの方向性が固まってきた。まず最優先事項としてみんなが生き延びること。そしてその次にルーナがなせば成らなければいけないことの援護を俺たちがすること。

この二つが大まかな内容であり、細かい内容としては、まず最初に魔族が攻め込んでくるのを俺たちで止めて、住民を守る。そして、前線で戦闘が無理そうだと判断したら後退していって王宮などを守る方針になっている。

（俺もこの国は救いたいしな）

ランドリアは母国だが、エルフ国や狐人国も俺にとっては第二の母国みたいなもん。だからこそ、できる限り力になりたい。そう考えながら、国内を歩く。

「見た目はわからないけど、徐々に防衛線が固くなってきたね」

「そうだね」

ルーナの言うとおり、見た目ではわからないが、エルフの戦士たちの装備が先程よりもよくなってきていたり、心構えが変わってきているのがわかる。

それに加えて前線には魔法使いが増えて、最初の一線で一斉に魔族を倒すのだとわかる。

「今日はどうする？」

「明日、ラファエル様たちと最後の打ち合わせだから、今日はオフにしよう」

「「え？　でも……」」

「今休んでおかなかったら、心身的に持たなくなる。だから今日はオフにするんだ」

そう、戦争は長い。毎日気を引き締めておくことなんてできない。それこそ、スタンピードが来た時は俺たちが異常だっただけ。

「わかったわ」

「うん」

「わかりました」

俺だけみんなと別れて町中がどうなっているかを確認して、王宮に戻った。その後、みんなと夕食を取って就寝した。そして次の日、全員で王宮に行くと、数日前とは表情が全員変わっていてホッとする。

（よかった）

もし、まだこの場で覚悟を決めていない人が居たら、国中で覚悟を決めていない人が居るのかもしれないと不安になってしまう。そして、俺たちがエリクソンさんたちの目の前に行くと最終確認が始まった。

「じゃあ最後の確認を始めようか」

「はい」

まず、俺たち四人と魔法使いの方々が最前線に立って、魔物を倒す。その後、戦士の方々と場所を入れ替わって、後方で前線の援護をする方針。

それ以外にも細かい内容を全員で確認した。そして、俺たちが部屋を出ようとした時、徐々にだが、足音が聞こえてきた。

(え、もしかして)

俺は窓に走って行くと、すでに魔物がこちらに近寄ってきていた。

(早くないか……)

まだ一週間も経っていないのに……。そう思っていると、エリクソンさんたち全員が、不安そうな表情をしてこちらを見てくる。

「メイソンくん?」

「もう魔物が近くに来ています……」

「どうすれば……。作戦が」

「今から俺たちが向かいます。エリクソンさんたちは他の方々に指示をお願いします」

「わかった」

そして、俺たちが王室を後にしようとした時、エリクソンさんが背中に声をかけてくれた。

「ルーナを。みんなを頼む」

「はい」

◆◆◆

俺たち四人が急いで外に向かうと、エルフの騎士たちが住民に避難するように促していた。

（よかった）

騎士たちがパニックに陥ってしまったら、国中がパニックに陥るのと一緒だ。だからこそ、この光景を見て少しホッとする。それに加えて、住民たちが避難できずに国中でまばらになっていたら、騎士の方々や俺たちが戦いづらくなってしまう。

住民の方々が騎士の指示の元、避難を始めているところを見ながら、俺たち全員が走って最前線に着く。すると、もうすでに目視できる範囲に魔物が押し寄せているのがわかる。

（まじかで見ると、やっぱり多いな）

目視できるだけでも、数えきれないほどの魔物がいる。俺は、それを見てもう一度アミエルさんに確認した。

「再度確認ですが、前線で良いんですよね？」

「はい。本当は中衛職ですが、そこはクロエさんにお任せします」

「わかりました。ではお願いします。みんな一旦ここにいる人に指示を頼む」

俺がそう言うと全員が頷き、クロエとアミエルさんがルーナについて行きながら魔法使いの方々に指示をしにいった。

(俺はどうするか……)

まだ見える範囲の魔物はそれほど強いとは思えないから、ここにいる魔法使いの方々で何とかなるとは思う。だが、もし悪魔が現れたら……。

(俺が何とかするしかないよな……)

ここにいる人たちが悪魔を倒せるとは思えない。そう考えながらも、魔物が徐々に近づいてきて、魔法が当たる範囲に入った。

その瞬間、ルーナが合図を出して、魔法使いの人たちが魔物に向かって攻撃を始めた。

魔物に向かって、空から魔法の嵐が降り始めて、目視できる範囲でも相当な数が殺されているとわかる。

(これなら……)

そこから数十分にわたって、俺を含める魔法使いの攻撃が魔物へ無慈悲に降り注ぎ、ある程度の魔物が倒された。だが、それでも徐々に魔物が近寄ってきたので指示を飛ばした。

「皆さん、後方で支援をお願いします」

俺がそう言うと、エルフの方々が徐々に後退して行って、その代わりに騎士の方々が前線に来てくれて、合図と同時に全員が魔物たちのところに向かって戦闘を始めた。

俺たち四人も最前線に向かい、魔物と対面して俺とアミエルさんが徐々に魔物を倒し始める。まず俺が魔物に斬りかかると、それを援護するようにアミエルさんが後に続く。そして、クロエとルーナは後方に逃した魔物を倒す。

数分程経った時、真横からゴブリンが俺に攻撃を仕掛けてくると、すぐさまアミエルさんが光の矢で援護してくれた。

「アミエルさんありがとう」

「いえいえ」

俺が危ない状況に陥ると、すぐさまアミエルさんがフォローを入れてくれる。はっきり言ってここまでやりやすいとは思ってもいなかった。クロエがフォローを入れてくれるのはわかる。それだけ一緒に居るから。

でも、アミエルさんと一緒に共闘するのは今回が初めてだったため、ここまで俺が欲しいタイミングで援護してくれることに驚きを隠しきれなかった。

その後も、俺とアミエルさんを主軸にしながら魔物を倒していくが、たまに俺たちも魔物の攻撃を受けるが、ルーナの魔法によって回復を入れてくれて、スムーズに戦闘を進めることができた。

そこから数十分ほど戦ったところでふと思う。

(あれ？　数が減っていない？)

もう数えきれないほどの魔物を倒した。それなのに、目の前にいる魔物が減っている様子がなかった。

（おかしくないか？）

そう。流石にこの一帯で魔物を一掃していたら、数が減るはずだ。それに加えて、最初に魔法使いの方々が魔物を倒してくれていた。それなのに一向に減っている気配がない。

「……。アミエルさん。何かおかしくないですか？」

「そうね……。数が多い」

（本当に数が多いのか？）

アミエルさんの言うとおり、数が多いだけならまだいい。だけど、何かが引っかかる。

「クロエ、少しだけ俺の位置で戦ってくれないか？」

「わかった。でもなんで？」

「ちょっと調べたいことがある」

俺はそう言って、あたり一面をじっくりと観察し始めた。

（おかしなところなんて……）

アミエルさんやクロエが魔物を倒すと、その死体はそこらへんに転がっているし、どこもおかしな点なんてない。

（俺の気のせいか？）

そう思い、クロエと場所を変わろうと思った時、先程戦ったところで転がっていた死体が徐々にだが、なくなっていた。

「え？」

（どうなっているんだ、なんで死体がなくなっているんだ？）

もしかしてと思いながら、もう一度あたり一面をじっくりと観察すると、奥のほうでゴブリンが死体を運んでいた。

（は!?）

なんで魔物が死体を運んでいるんだよ……。そんな魔物今まで見たことない……。どうなっているんだよ。でも、もしかしたらそこにはと思い立った。

「アミエルさん、少しだけここを一人で任せられますか？」

「え？　いいわよ」

「じゃあ、クロエ一緒に来てくれ」

「わ、わかった」

俺は、先程怪しげな行動をしていたゴブリンが居た場所へ向かう。だが、魔物の数が多すぎて先に進めなかったので、右手に火玉《ファイアーボール》、左手に風切《エア・カッター》を使い、ここら辺にいた魔物を一掃する。そして、やっとたどり着いた。

すると、そこには一人の少年が立っていた。

「え？　君は……？」

「た、助けて……」

「わかった。今そっちに向かう!!」

俺はそう言って少年に近寄ろうとした時、クロエに止められる。

「メイソン、その子は多分敵……」

「は？　いや、でも……」

「私を信じて!!」

「わ、分かった」

クロエのことを信じ、一旦距離を取ると、少年が少し残念そうな表情をしたが、すぐに笑い始めた。

「な〜んだ、ダメだったか。ならいいや。出てきていいよ」

少年の合図と同時に、地中から続々と死んだはずの魔物が出てきた。するとあっという間に、あたり一面が魔物に包囲されてしまった。

（使いたくはなかったけど、やるしかないよな）

俺は小声でクロエに指示を出す。

「クロエ、今から魔法を放つから俺から離れるな」

「わかった」

俺は炎星《アトミック・フレア》を放ち、ここら辺にいる魔物を一掃する。案の定、あたり一面にある草木は焼け焦げてしまい、そこから舞い上がる煙から死臭も漂ってくる。

（やったか？）

そう思いながら、煙の方向を凝視していると、少年の影がこちらへ近寄ってきた。そして、俺たちのことを見ると、怒り狂った表情で言った。

「お前、俺の傑作をいとも簡単に!!」

「……」

「もういい。少しは遊んでやろうと思っていたけど、あいつを使おう」

少年が何かの魔法を使った。すると、魔法陣の中から死神が現れた。

それを見て、俺とクロエは茫然とする。

(ここに死神なんていなかったよな?)

ゴブリンの行動と少年が先程使った魔法を考えると、昔リッチが使っていた死者蘇生だと思っていた。だけど、今死神を呼び出したということは、俺が知らない魔法を使っているということ。

(って、今はそれどころじゃない)

まずは目の前の死神を倒さなくちゃいけない。そう思い、クロエにアイコンタクトを送りつつ道具収納《アイテムボックス》から魔剣《グラム》を取り出して、死神に突っ込んでいった。すると、死神にいともたやすく自身が持っている鎌《かま》で受け流されてしまう。

「あはは。誰であろうと死神には勝てないよ」

少年は蔑《さげす》むような目でこちらを見ながらそう言った。

(そんなのやってみなくちゃ分からないだろ!!)

俺は、何度も死神に攻撃を仕掛けるが、すべてが受け流されてしまう。すると、クロエが前に出て叫んだ。

「私が時間を稼ぐ」

「わかった」

死神が俺に向かって攻撃を仕掛けてくるのを、クロエが何度か防いでくれて、隙ができた瞬間に俺が略奪を使おうとした時、徐々にこちらへ近づいてきていたゴブリンに攻撃をされる。

「う……」

すぐさま、ゴブリンを倒して自動回復を使う。

(何度も略奪が使えればいいのだけど……)

略奪を使うということは、それなりに魔力を使うということ。それ以外にも、強力な敵や複数体に使うと、一気にスキルが会得できてしまうため、キャパが崩れてしまう。

「メイソン!!」

「俺はいいから、死神を頼む」

俺は辺り一面にもう一度、炎星《アトミック・フレア》を放つ。すると、ゴブリンやコボルト、ウルフなどが瞬殺される。

それと同時に死神とクロエのほうにも行く。死神は鎌で防ぐが、仲間であるクロエに当たりそうになったその時、完全守護《プロテクション》で守られた。

(ルーナ!!)

広範囲攻撃である炎星なのだから、仲間に当たってしまう可能性も考えていたが、それをルーナは考慮してくれていた。

(本当にありがとう)

そして、あたりにいる魔物が一掃されたので死神のところへ向かい、クロエに加勢する。

「よかった。結構やばかった」

「悪かった」

クロエはすでに結構なダメージを受けており、危うい状況であった。

「クロエ、後一回だけ時間を稼げないか？」

「わかったわ」

俺が身体強化（大）を使ったところで、クロエは一瞬にして死神の目の前に行き、斬りかかった。

だが、案の定死神はその攻撃を防いだが、俺もその瞬間に死神へ斬りかかる。すると、死神は一瞬怯んで後ろへ後退していく。

（今だ!!）

俺は空間転移（小）を使い、死神の後ろへ回った。そして略奪を使う。
・死鎌《デスヘルス》
（え？）

奪えたスキルの少なさに驚きを隠せなかった。こいつはこれしか覚えていないで、ここまで対等に戦っていたのか？　それにまだ死鎌を使われていない。もし、死鎌を奪えていなかったらどうなっていたのか。

そう考えると、ゾッとした。その時、死神は俺のほうを向きながら攻撃を仕掛けてくる。

（やばい）

俺は瞬時に空間転移（小）を使い、クロエの位置まで戻る。

「どうだった？」

「一応は盗めたけど、あいつは元々が強すぎる」

「そっか。じゃあ私に案があるわ。カバーをお願い」

「あぁ」

そして死神が俺たちの元へ来た時、クロエの指示どおり俺が盾として受け流す。すると、クロエは何やら魔法を唱え始めた。

「後退して!!」

「わかった」

俺が瞬時に後退すると、クロエが尖《とが》った石で何度も死神に攻撃した。

(こんなことができたのか!?)

だが、そう思ったのも束の間、死神はいともたやすくその攻撃を防ぎ、もう一度俺たちに攻撃を仕掛けてくる。それを、俺が受け流しつつ戦っていると、クロエがニヤッと笑った。

「もう終わりよ」

「え?」

その瞬間、地面に複数の小さな魔方陣が出てきて、死神に向かって石の刃《やいば》が突き刺さった。

「メイソン今よ!!」

クロエに言われてすぐ我に返り、死神の首を斬り落とした。すると、クロエが俺の方向へきて死神を見下ろしながらつぶやいた。

「これで終わったの?」

「わからない。でも死神は死んだはず……」

いや、元々死んでいるんだけど、首を落としたということはもう動くことはできないと思う。そう思いながら、もう一度死神にトドメを刺して、鎌を蹴り飛ばして違う場所へ移動させる。

その時、少年が驚愕《きょうがく》した表情で俺たちのほうを見ていた。

「君たち。何者？」

「魔族に名乗ってなんの意味があるの？」

「……。死ね」

少年がそう言うと、地面に隠れていた魔物の死体が一斉に俺たちへ攻撃を仕掛けてくる。だが、それを後方からルーナが俺たちを守護盾《プロテクト・ガード》で守る。魔物たちが怯んだその機を逃さず、俺は風切《エア・カツター》と炎玉《かえんだま》を組み合わせて一掃した。

すると、アミエルさんとルーナの足音が聞こえてきた。二人も戦闘が終わり、こちらに合流する。

その時、少年が逃げるようにこの場から立ち去ろうとした。

「逃がすか!!」

俺は高速移動を使い、少年の目の前に立って斬り倒した。

「お、終わったのか……」

後ろを振り向くと、三人とも安堵した表情でこちらを見ていた。

(よかった)

案の定、少年を倒したことによって、魔物の数が一気に減っていた。それを確認して、俺たちは騎士たちが居るところへ後退し始めた。

今回俺たちが任されていたところは中心部の最前線であったため、次は左方面へ向かい始めた。

(右はまだ良いけど、左は……)

煙の量や匂いが、右側とは桁外れな感じがした。はっきり言って、俺たちの場所が一番危険な場所だと思っていたが、この状況を見ている限り、そうでもないのかもしれない。

そして、俺たちが徐々に戦闘している場所までたどり着くと、騎士たちが倒れこんでいた。

(え？)

どうなっているんだ……。流石にここまで力量の差があるとは思えない。ここに来るまで強い魔物が居たかといえばそうではない。

「それなのになんで……」

そう思いながら、倒れている騎士たちをルーナが回復し始める。

「やばいわね。そういえば、メイソンなんでさっき少年に略奪を使わなかったの？」

「俺が使えないからだよ」

「え？　でも死神には使っていたじゃない」

「死神は魔物だったんだ。俺は魔族に略奪を使うことができない」

いや、厳密に言えば使うことはできる。だけど、使ったところで魔族相手にはスキルを奪うことができないから意味がない。

前にリーフからスキルを奪えた時は、魔族になりかけた奴だったからこそ奪えたけど、英雄神が言うには魔族のスキルを奪うには段取りが必要らしい。

「そっか……」

「あぁ。まあ倒せればよかったからさ」

「そうね」

俺たちはルーナが広範囲回復魔法を使い、十分ほど経ったところで最低限の回復が終わった。

「皆さん、一旦エルフ国へ戻ってください。あそこにはラファエル様たちが居ますので、回復してもらえると思います」

「わかりました」

そう。エルフ国にさえ戻ればラファエル様たちがいる。そう考えるだけで、本当にラファエル様には先にこっちへ来てもらってよかったと思う。

（それにしても早すぎだろ……）

まだ戦闘が始まって数時間しか経っていない。それなのにこの状況。後どれぐらいこの戦況が持つかわからない。

（早くミカエル様たちの援軍が来てほしい）

そう願うしかなかった。俺たちがいくら頑張ったところで、一部の戦況は変えられるが、全体の戦況が変えられるわけではない。だからこそ、戦場には質より量が必要なんだ。

俺たちはエルフの戦士の方々が後退していくのを確認してから、最前線へ向かい始めた。道中、低級の魔物が現れていたが、難なく倒して先へ進む。

（こんな敵に負けるわけないよな）

はっきり言って、さっき倒れていた人たちがこんな低級の魔物に負けるわけがない。それなのにあんな数の負傷者が居た。

（それはなんでだ……？）

懸念点はあるが、そんなことを考えている余裕はない。今は一刻も早く最前線へ行き、援護しなくてはいけない。俺たちは急いで最前線へ向かい、十分も経たないで到着した。

するとそこには先程同様、数えきれないほどのエルフが倒れていて、それを庇《かば》うようにエルフの方々が後退していた。すぐさま俺たちはその人たちを援護するように前に立つ。

「援護に来ました」

「あ、ありがとうございます」

すると、一人のエルフが不安そうに声をかけてきた。

「気をつけてください」

「何をですか？」

俺たち全員、首を傾げながら尋ねる。

「時々、同胞が現れるのです。それも、名の知れた同胞です」

「え？　それって……」

ルーナとクロエと目を合わせる。そして、俺たち三人はバカルさんの一件が頭によぎった。

（もし、あのパターンであったら）

俺の考えがあっていれば、先程のエルフの方々が倒れている光景や、なぜ今エルフが真後ろで倒れているのかが納得できる。

「ねぇ。それって」

「うん」

「多分、ルーナとクロエと考えていることは一緒だよ」

俺がそう言うと、やっぱりかという表情をして、すぐさま気を引き締めていた。一旦、後ろのエルフを守るようにゴブリンなど低級の魔物を倒す。

「ここからどうする？」

「そうだな……。まずはこの人たちを助けるために時間を稼ぐのが最優先だと思う」

三人が頷き、ルーナを背にしつつ三人で横に並んで戦い始める。魔法を使う敵には、ルーナが援護をして、俺とアミエルさんで魔物に突っ込みつつ、それを逃した敵に対してクロエがとどめを刺す。

こんな形で時間を稼いでいると、禍々しいエルフの死体が複数体こちらへ近寄ってきた。

（あれが……）

「ルーナ。あれ、わかるか？」

「うん。どれも名の知れている有名な騎士や魔法使いの方々。ひどい……」

ルーナがそう言った瞬間、魔法使いのエルフが俺たちに向かって、魔法を放ってきた。

すぐさまルーナが俺たちの辺り一帯を完全守護《プロテクション》で守り、攻撃を防ぐ。だが、その瞬間、騎士の一人が俺たちの目の前に来て、完全守護を打ち破ってしまう。

（は、そんなにいともたやすく？）

俺だってそんな簡単に完全守護を打ち破ることはできない。それほど、完全守護は硬いはずなのに……。そう思っていた時、騎士が俺たちに向かって叫んできた。

「殺してくれ……。俺はお前たちを殺したくないんだ」

それに続くように死体である魔法使いの人や騎士の人たちも殺してほしいと懇願してきた。

（やっぱりバカルさんと同じパターンか……）

あの時のバカルさんも同じことを言っていた。そう考えてしまうと、どれだけクソな魔法なのかが分かる。

（本当に誰なんだよ）

魔族が使っているのはわかる。だけどこんな非人道的な魔法を使うなんて。そう考えるだけで胸糞が悪くなる。

「わかりました。もう少しだけ待っていてください」

俺はすぐさまルーナにもう一度、完全守護を使うように言う。すると、すぐさまルーナが完全守護《プロテクション》を使い、攻撃魔法や打撃攻撃を防ぐ。

この時間で、俺はクロエとアミエルさんに援護をするように伝えると、二人とも頷いた。

「よし。じゃあ最初はさっき言っていた騎士からやろう」

「「わかったわ」」

「ルーナは後方援護かつ負傷者を援護してくれ」

「うん」

本当なら、魔法使いから倒していきたいが、騎士が目の前にいる時点で、そこまで行くことができないだろう。だから、まずは騎士からやらなくてはいけない。

俺は高速移動を使い、まず騎士に攻撃を仕掛ける。だが、あっさりと受け流されてしまう。

(は?)

この速さでかつ魔剣《グラム》の重さもあるんだぞ!? それをこんな簡単に……。その時、騎士二人が俺に向かって攻撃を仕掛けてきたが、クロエとアミエルさんが援護してくれる。

(これなら!!)

ふとそう思い、魔法使いの真横に転移魔法(小)を使い、移動した。すると、魔法使いの人が驚いた表情をしていた。俺はすぐ略奪を使用して、
・爆発《エクスプロージョン》
・火玉《ファイアーボール》
・突風《エア・ウインド》
を奪い取り、魔法使いの心臓を突き刺した。すると、徐々に消え去りながら笑顔で感謝の言葉を告げてきた。

「殺してくれてありがとう」

「いえ。こちらこそ救えなくてすみません」

「あなたは私を救ってくれたわ。私たちは殺したくもない人を殺めたくないから殺してほしかったの。

「だからありがとう。英雄」

そう言ってこの場から消え去っていった。
(クソ)
なんでこんな気持ちにならなくちゃいけないんだよ。なんで、なんで俺ばっかり……。俺は英雄なんて器じゃない。ただ、できることをやっているだけなんだから。そう思いながらも、すぐさまクロエとアミエルさんの元へ行き援護し始める。

すると、騎士の一人が俺に向かってお礼を言ってきた。

「あいつを助けてくれてありがとう。俺たちも頼む」

「わかっています」

おれが二人の援護をしながら騎士と数分戦っていると、クロエが斬られそうな状況に陥る。

「クロエ後ろに下がれ!!」

指示を出すと、クロエは迷いなく俺がいる方向へ下がり、場所を入れ替わる。そして、騎士が俺に向かって攻撃を仕掛けてきたのを受け流しながら、クロエとアイコンタクトを送りもう一度スイッチする。

(これで、ギリギリ俺たちのほうが有利)

よくクロエはこの人と一対一で戦えていたなと感心しながら攻防していると、クロエが騎士の胸元に剣を突き刺した。その瞬間騎士が怯み、俺はそれを見逃さず略奪を使用した。
・身体強化(大)

・突き刺し

を会得する。そしてスキルを奪ったことにより、身体強化（大）がなくなり、一気に弱りかけた騎士の首を斬り落とそうとした瞬間、騎士がわずかに微笑《ほほえ》んだ気がした。

「本当にありがとう」

その一言を聞きながら俺は首を斬り落とした。

（クソ……）

そう思いながらも、アミエルさんの援護に入る。三対一の状況に陥っているため、俺とクロエが援護しつつアミエルさんがとどめを刺す。

「ありがとう」

「いえ」

「多分もうそろそろここに到着すると思うが、少女には気をつけろ」

「え、それってどういう意味ですか？」

俺がそう言った瞬間、目の前にいる騎士も、先程の二人同様消え去っていった。目の前の光景を見て三人ともホッとする。

「終わったんですよね？」

「あぁ。でも最後……」

「うん。少女って誰？」

「わからない。でも元凶には違いない」

騎士が今そう言ったってことは、この胸糞悪い元凶はその少女に間違いない。

(だけど、少女って誰なんだ?)

そう考えてながら、ルーナと合流して負傷しているエルフの治療に専念する。そして、ある程度治療が終わり、この場から撤退しようと思った時、森林の奥部から今まで感じた中で一番の殺気を感じる。

(これは……)

この殺気……。俺は知っている。殺気を感じるほうを凝視していると、そこには騎士が言っていた少女が現れた。

「あ! 君この前会ったね」

「……」

案の定、予想していたとおり、ルッツを助けた時に出会った少女であった。

「ねえ、なんで無視するの!! 君の所為でよい実験台に逃げられたんだからね!!」

「お前は誰だ?」

全身の力を入れて、精いっぱい出た言葉がこれだった。それほど殺気が半端ない。現に他のみんなは立つだけで精いっぱいの状況であった。

「う~ん。誰だろうね~」

「……」

俺たちが黙り込んでいると、少女がため息を吐く。

「答えればいいんでしょ!!　四魔神の一人、アルゲ。君の名前は？」

「メ、メイソン……」

「そっか。じゃあメイソン、私の部下になる気はない？」

「え？」

その問いに対して驚きを隠しきれなかった。

(仲間になる？　なんで俺だけ誘われたんだ？)

それに前回会った時、俺たち全員がアルゲに殺されかけたのに……。

「まあ簡単に言えば、メイソンに魅力を感じたからだよ。もし仲間になってくれるなら、ここにいる人たちを見逃してあげる」

「断ったら？」

「そんなの聞かなくてもわかるでしょ？　それにメイソンならもうわかってるよね？　私には勝てないってことが」

「……」

悔しいがアルゲの言うとおりだ。今の俺がこいつに勝てるのかと言われれば、無理だ。それだけ実力差があると感じる。

(俺は……)

ここでアルゲの仲間にさえなれば、ルーナやクロエ、アミエルさんたち全員を救うことができる。

だけど、魔族の仲間になんて……。そう考えていると、アルゲが急かしてくる。

「早く決めて～。気が変わっちゃうかもよ!?」

「ちょっと待ってくれ」

俺がそう言うと、アルゲは満足げな表情をしていて、ルーナやクロエたちは驚いた表情でこちらを見ていた。そして、ルーナが俺のもとに駆け寄ってきた。

「メイソン、自分を捨てる必要はないよ？」

「でも……」

俺のやるべきことは、ルーナとクロエを助けること。それなら、この選択も悪くはない。すでに保障されているのだから。

「メイソン!! 自分が選びたい道を選んで。私たちはあなたの足かせになるために仲間になったわけじゃない!!」

「クロエ……。わかったよ」

俺がアルゲのほうを向くと、満面の笑みでこちらを見て問いかけてきた。

「決まった？」

「あぁ。仲間になる」

「!?」

俺の発言に、ルーナとクロエが驚いた声を上げる。

「なんで……」

「メイソン、ダメだよ!!」

「黙って」

アルゲは二人に何か魔法をかけて、黙らせた。そして俺に手招きをしてきたので、そちらへ向かう。

「悪いようにはしないわ。あなたはお気に入りなのだから」

「あはは。よろしくお願いいたします」

「じゃあ行きましょうか」

そう言って俺に背を向けた瞬間、魔剣《グラム》を手から離して、もう片方の手で道具収納《アイテムボックス》から短剣を取り出してアルゲの片腕を斬り落とした。

「え？」

アルゲが驚いた表情でこちらを向いてきたので、もう一度斬りかかる。だが、瞬時に避けられる。

「嘘だったのね」

「悪いけど、やっぱりお前の仲間にはならない」

「そう。でもいいの？　今の選択が唯一英雄になれる道だったのに」

「なんで……」

アルゲから英雄という言葉を聞いたのに驚く。

「こっちでも有名だよ？　勇者が現れたこと。そして英雄も現れたってね」

「だけど、なんで俺が英雄だと？」

「リーフくんを殺したじゃないか」

「……」

そういえばそうだった。リーフを殺した時にアルゲとも出会ったのだから、そこから情報を入手していたっておかしくない。

（それにしても、英雄が魔族でも……）

勇者が有名なのはわかる。だけど、英雄までもが魔族で噂されているとは思いもしなかった。

「まあ君が私を攻撃したってことは、そういうことだもんね」

「あぁ」

「残念だよ。本当に残念だよ」

そう言いながら、アルゲは俺たちから距離を取ると、斬り落とした片腕に何か魔法をかけると瞬時にくっつけてしまった。

（!?）

そして、ここら辺一帯にある死体に魔法をかけて蘇らせる。

「同胞と戦って楽しんでよ」

「クソ……」

先程まで一緒に戦っていたエルフの方々が徐々にこちらへ近づいてきて攻撃を仕掛けてくる。だが、どのエルフの方々も涙を流しながら俺たちに懇願する。

「頼む。こんなことしたくない」

「わかっています。すぐに」

俺とクロエ、アミエルさんが一人ずつ着実に殺していく。だが、そんな時アルゲは一歩離れたところでもう一度魔法をかける。

（俺が略奪を魔族にも使えれば……）

すると、少年と戦った時みたいに魔方陣の中から偉人の方々が出てくる。その中の一人は俺ですら知っている人物であった。

【アグラティア】

過去に魔族を討伐するために世界を救ったとされる七人の一人。

「まだ魔法は完成していないけど、君たちがこの人に対抗できるかな？　私でも苦戦したのにね」

「苦戦ってお前は……」

その言葉に驚きを隠しきれなかった。なんせ、アグラティアが生きていたのは、数百年も前の話なのだから。そう考えながらも、アグラティア様のことを見ていると、徐々にこちらへ近づいてくる。

「お前たち、逃げろ。もう殺したくないんだ。殺すために力をつけたわけじゃないのに……」

そう言いながら俺たちに攻撃を仕掛けてきた。

ルーナが瞬時に俺たち全員に守護《プロテクト》をかけて、防御態勢を取る。俺も同時に限定解除を使い、最大限力を出せるようにしつつ身体強化（大）を使う。

そして、アグラティア様が攻撃してきたのを受け止める。だが、二発目、三発目と連続で攻撃を仕掛けてきて、それを受け止めることができず徐々にダメージが蓄積していく。

（はやい……）

エルフ特有の風魔法と組み合わせてレイピアの攻撃を仕掛けてくる。今俺ができる最大限の力でも受け止めることができず、防戦一方になる。

　そんな攻防が数分続いていたが、誰もこの戦闘に参加することができなかった。なんせ、限定解除と身体強化（大）を使った状況でも、アグラティア様が攻撃してくる速度に追いつくのがやっとであったのだから。

　そんな状況を見ていたクロエとアミエルさんが無理して加勢しようとしてきたので、それを止める。もし、ここに入ってこられたら逆に足手まといになってしまう。

「クロエとアミエルさんは援護を。アルゲに注意を払ってください」

「でもそれだとメイソンが……」

「そうですよ。今のままだと」

「それでもです」

　俺がそう言うと、二人とも頷きながら敵意をアルゲに向ける。すると、アルゲはニヤッと笑いながら手を叩いた。

「やっぱりメイソンすごいね。仲間に欲しい。ここにいる人たちを殺したら諦めてくれるよね？」

　そう言って、アルゲは全方位に魔方陣を放ち、続々と名の知れている騎士や魔法使いを召喚し始めた。

（やばい……）

　アグラティア様ほど強い人が現れるとは思えないが、クロエとアミエルさんと一緒に戦った人たちレベルの人たちが現れるのは目に見えてわかった。

「こっちは大丈夫だから、メイソンはアグラティア様との戦闘に集中して」

「でも」

「そうです。クロエさんが言うとおり、こっちは私たちに任せてください」

俺は頷きながらアグラティア様との戦闘に集中し始める。だが集中といっても、結局は防戦一方であった。レイピアで攻撃を仕掛けてくるのに対処するのでやっとであり、それに加えてアグラティア様が風魔法を使った時はギリギリのところで避けるのが精いっぱい。

(どうすればいいんだ)

すると、アグラティア様が俺に攻撃を仕掛けている最中に話しかけてきた。

「メイソンくんだっけ？　君に頼みたいことがある」

「なんですか？」

「アルゲの弱点は、自身がそこまで強いというわけではないんだ」

「え？」

そこまで強くないだって？　でも、あいつから感じる殺気は紛れもなく俺が今まで受けた中で一番強力なものだったのだが……。

「簡単に言えば、あいつは魔法使いであり召喚士だ。だから私たちみたいに戦士が接近戦に持ち込めば勝てるはずだ」

「でも、あいつに近づくには……」

「わかっている。だから早く私を殺してくれ」

「……」

アグラティア様を簡単に殺せるならそうしているさ。でも、今の俺一人でどうにかなるレベルじゃない。

俺はクロエの真似《まね》をして、戦闘中に地面へ魔法を設置する。そして、アグラティア様がその場所へ立った際、左下からは風切《エア・カッター》、右下からは火玉《ファイアーボール》を撃つ。

だが、いともたやすくアグラティア様はそれを回避する。

(これでもダメなのか……)

次に重力(小)を自身とアグラティア様に使って、俺は体を軽く、アグラティア様には重くする。

そして、高速移動を使って背後を取って斬りかかる。すると、一瞬だが背中に切り傷を与える。

「その調子だ」

その後も同じ方法で攻撃を仕掛けるが、二回目は通用せず避けられてしまう。

(やるしかない)

「ルーナ!!」

「わかった」

俺は頭上に炎星《アトミック・フレア》を放ち、死体の人たちやアグラティア様に攻撃をする。それと同時にルーナは俺たちに完全守護《プロテクション》を放ち守る。

この一瞬を俺は見逃さず、アグラティア様の背後を取るように空間転移(小)を使用する。そして、略奪を使用する。だが、それすらもギリギリのところで避けられてしまう。

（どうすれば……）

そう考えこんでいた時、アルゲが更に死体を召喚して、クロエたちの形勢が変わる。その後、十分ほどアグラティア様と戦いを続けると、徐々にエルフの方々たちが倒れていった。そして、クロエも膝を落とした時、死体に斬られそうになる。

「クロエ!!」

誰でもいい。助けてくれ。頼む……。俺はなんでいつも助けたいと思う人すら助けられないんだ……。

そう思った時、空から光が差し込んできて、一斉にアルゲが召喚した死体を倒していった。

（もしかして……）

「メイソンくん、遅れてごめん」

「いいえ。本当にありがとうございます」

ミカエル様たちが到着したことに安心して一瞬ホッとした瞬間、クロエとルーナが叫んだ。

「「メイソン!!」」

「え？」

後ろを向くと、アグラティア様が俺の首を斬り落とそうとしていた。その時、誰かがそれを防いでくれる。

「大丈夫か？　メイソン」

「え？　ロンド……？」

煙の中から出てきたのは、俺が今までパーティを組んでいた勇者、ロンドであった。

（なんでここに……）

ミカエル様たちが来るのは、最初の打ち合わせがあったから分かる。だが、なぜロンドたちまでここへ来てくれたのか……。

「何ぼさっとしているんだ。今は目の前の敵を倒すぞ」

「あ、あぁ」

ロンドは、すぐさまアグラティア様に攻撃を仕掛け始めた。

（ここまで強かったのか……）

ロンドのことを弱いと思っていなかったが、ここまでアグラティア様と対等に戦えるとは思いもしなかった。俺もロンドに続くように戦闘に加わる。

俺が攻撃を仕掛けて、隙を見せてしまうとロンドがカバーしてくれ、俺も同様にロンドが隙を見せてしまった時に援護する。このような攻防を数分間続けて思う。

（やりやすい）

クロエとはまた違ったやりやすさがある。なんて言えばいいのだろうか。クロエの場合は、お互いがアイコンタクトをして連携が取っているが、ロンドに関しては、違う。

連携をとるというよりは、こいつなら大丈夫だ。という安心感がある。いや、クロエに対しても安心感はあるのだけど、ロンドの場合は実力が一緒だからというような感覚で戦っている感覚だ。

そう考えている時、ロンドがこちらを向きながら問いかけてきた。

「今のまま戦っても時間がかかる。だから何か案はないか？」

「う〜ん」

案といわれてもなぁ……。はっきり言って、先程まで一人で戦っていた時も隙を見つけることができなかった。攻撃が当たったのも、ほとんどが奇襲や相手が見たこともない攻撃ばかり。

（そうだ!!）

俺はすぐさま、アグラティア様と一旦距離を取り、作戦の内容をロンドに伝える。すると、少し驚いた表情をしていたがすぐに頷いた。

「わかった」

「じゃあ行こうか」

まず最初に俺からアグラティア様へ魔剣《グラム》に火玉《ファイアーボール》と風切《エア・カッター》の複合魔法を付与させて、攻撃を仕掛ける。だが、アグラティア様は知っているかのように剣では受けず、すべての攻撃を避ける。

（クソ……）

その時、ロンドが加勢してきてアグラティア様に斬りかかる。だけど、それさえも受け流されてしまう。そんな攻防を何度も繰り返していくと、徐々にアグラティア様が俺たちの攻撃に慣れてきてしまう。

「お前たち、もうちょっとだから……」

そう言いながらも、鋭い攻撃を何度も仕掛けてくる。それを俺とロンドは何とか受け流しながら、機を伺う。そこから何度も斬り合いが続いた時、ロンドが一瞬膝を崩しかける。

それをアグラティア様は見逃さず、ロンドにトドメを刺しに行く。俺はそこで重力（小）をアグラティア様に放つ。すると、アグラティア様の攻撃がギリギリのところで逸れる。

（今だ‼）

俺はこの機を見逃さず、空間転移（小）を使い、アグラティア様の真後ろに立ち、魔剣《グラム》に風切《エア・カッター》を付与させてアグラティア様の首を斬り落としにいく。だが、それもわかっているかのように避けられてしまう。

（かかった）

避けた先にはロンドが立っており、怯んだ一瞬を見逃さずにアグラティア様の首を斬り落とした。

そして、死んでいるかを確認しに行くためにアグラティア様の首を見に行くと、笑った表情であった。

（クソが……）

本当に胸糞が悪い。普通は殺した人がこんな表情をするなんておかしい。それなのに先程クロエやアミエルさんと戦った三人の人たち、そしてアグラティア様すべてが笑顔であった。

倒してほしいと言われたからやったが、それだとしても本当に気分が悪い。

（それもこれも、あいつが悪い）

そう思うしかなかった。そして、俺とロンドはすぐさまクロエたちの援護に向かったが、すでにほとんどの戦闘が終わっていた。

ミカエル様率いる天使の方々がアルゲによって召喚された死人をほぼ倒し終わって、防衛に徹し始めていた。

（あれ？　あいつは？）

ミカエル様の元へ行き尋ねる。

「アルゲはどこに行きましたか？」

「アルゲとは？」

「少女みたいな人がいませんでしたか？」

「え？　見ていないけど？」

それを聞いて、俺はすぐさま走り始めた。それに続くようにロンドも後をついてくる。

「メイソン、どうしたんだ？」

「さっき戦った人いただろ？」

「あぁ。それがどうした？」

「あの元凶を作った魔族がさっきまでここにいたんだ」

それを聞いたロンドは驚いた表情でこちらを見てきた。

「それは、どういう奴なんだ？」

「リーフを殺した時に会った少女だ」

「え……あいつか」

「あぁ。俺はあいつを殺さなくちゃいけない」

そう。バカルさんから始まり、ドラゴンゾンビになってしまったクロー。そして今回戦った方々。

俺がアルゲを殺さなくちゃその人たちが報われない。俺はそんなの嫌だ。今まで会った人たちが悪い人なんて思えない。だからこそ、あいつだけはやらなくてはいけない。

(生かしていてはいけない)

「俺も恨みはあるしついていくぞ」

「あぁ。頼む」

はっきり言って、俺一人で倒せるとは思えない。だから、ロンドについてきてもらえて助かる。そう思いながらも、ここら辺一帯を走り回ると、魔方陣らしきものが見えた。

(あそこか!!)

すぐさまそこへ行くと、すでに体が消えかかっているアルゲがいた。

お互い目が合うと、ニヤッと笑みを浮かべる。

「メイソンに勇者の君、思っていた以上だよ。はっきり言ってアグラティアを倒すなんて思ってもいなかった」

「逃げるな!!」

俺は走りながら魔法陣の中へ入ろうとするがロンドに止められる。

「逃げる?　逆に感謝してほしいね。あの場で私が本気を出したら確実に君たちは死んでいたよ」

「じゃあなんで逃げるんだよ」

「う〜ん。簡単に言えば、今回戦闘に参加したのは、仲間に頼まれたっていうのもあるけど情報収集がメインかな。まああいつはもう終わりかな」

「え？」

仲間っていうのは、多分ルシファーのことだろう。俺もルシファーの攻撃を止めるために参加したのに、なぜかアルゲがいたのだから。

(でも、ルシファーがもう終わりってどういう意味だ？)

「あいつは、禁忌を犯したからね」

「禁忌とは？」

「ここからは話せないよ。もし聞きたかったらメイソン、私の仲間になりなよ。ってもう時間だ。またね」

そう言ってアルゲは目の前から消え去った。それと同時にあたり一面にある魔方陣が消え去り、ロンドが俺を離す。

「なんで止めたんだよ」

あの時ロンドに止められなければアルゲを殺れたかもしれないのに……。そう思いながらロンドを睨んでいると、突然頬に激痛が走った。すると、ロンドが胸倉をつかみながら大声を上げた。

「もっと周りを考えろ!!」

「は？　お前さえ止めなければアルゲを殺れたかもしれないんだぞ!!」

「そうかもな。でもその可能性とお前が死ぬ可能性。どっちが大切かなんて考えなくてもわかるだろ!!」

「……」

ロンドが真剣な表情をしながら言った。

「俺はお前に死んでほしくはない」

「は？」

「追放したのは悪いと思っている。だからこそ、今になって分かる。お前がどれだけ大切な存在だったことを」

「俺なんて、そこらへんにいる人間と変わらねーだろ」

そう。ロンドは魔王を倒す唯一の存在だが、俺は違う。ここ最近英雄と呼ばれ始めたが、それまではただの冒険者だったのだから。

「ちがう。お前もうすうす気づいてきているんじゃないか？　自分と対等な人間がいなくなってきていることを」

「……」

そんなことない、と言おうと思ったが、喉元《のど》でその言葉が詰まる。アグラティア様と戦闘していた時もそうだったが、こいつなら安心して任せられると思ったのは久々であった。

クロエやルーナの実力がないというわけではない。だけど、俺と対等な実力を持っているかと聞かれたら頷くことはできない。だからこそ、ロンドが言った言葉を否定することができなかった。

「それにお前は俺を救ってくれた人だ。だからお前に死なれては困るんだ。それに冷静に考えてみろ。お前が死んだとき誰が悲しむのかを。自分の目的を忘れるな」

「!!」

それを言われてハッとする。俺が死んだとき誰が悲しむのか。まず最初にルーナとクロエの顔が思い浮かんだ。

(俺はバカか)

つい最近あの二人が悲しそうな表情をしていて、心が苦しくなったのを味わったばかりじゃないか。それなのに、アグラティア様や他の人たちを倒した時の感情に左右されてしまっていた。

俺は英雄になりたいんじゃない。ルーナとクロエ、他にも守りたいと思った人さえ守れればそれでいいんだ。たくさんの人を守りたいわけじゃない。目的を間違えてはいけない。

英雄になるためにルーナやクロエを守るんじゃない。ルーナとクロエを守る過程で英雄になるんだ。

もし、あの二人と国が危険な状況に陥った時、俺は必ずルーナとクロエを救う。それだけは忘れてはいけない。

「ロンド、ありがとな」

「あぁ。目を覚ましてくれればいいんだ。誰にだってミスはある。俺の場合、お前がそれを示してくれたんだからお互い様だ」

すると、ロンドは無言で俺の肩を叩きながら先を歩き始めた。

(本当にいいやつだな)

追放された時は、ロンドに嫌気すら起きたけど、今になってみればロンドが居なければ道を踏み外していたかもしれない。そう考えると、俺にとって大切な存在の一人なのかもしれない。

その後、二人で先程のところへ戻ると、ルーナとクロエが真っ先に俺の元へ駆け寄ってきて、抱きついてきた。

「メイソン大丈夫？」

「無茶だけはしないで」

「あぁ。悪かった」

ロンドのほうを向くと一瞬鼻で笑い、そっぽをむいてしまった。俺とルーナ、クロエ、アミエルさんの四人はウリエル様の元へ駆け寄って状況を確認する。

「戦況はどうなっていますか？」

「まだわからないが、こちらの優勢だと思う。数日で終わると言ってもいい」

「本当にありがとうございます」

はっきり言って、俺たちだけでルシファーとアルゲの二人を止めることなんてできなかった。それだけミカエル様たちがいなければやばかった。すると、ミカエル様は無表情のままつぶやいた。

「一旦、お前たちはラファエルたちに傷を見てもらえ。ルシファーは私が殺す」

「わ、分かりました……」

そして、俺たちは言われるがままこの場をミカエル様たちに任せて、一旦エリクソンさんたちがいる王宮へ戻った。

道中何もなく王宮にたどり着くと、エリクソンさんたちが驚いた表情で俺たちのことを見て、ラファエル様を呼んで傷を治癒してもらった。そしてある程度、傷が治ったところで本題に入る。

「ミカエル様の情報だと、数日もすれば戦争は終わるらしいです」

「そ、そうか……。本当にありがとう」

「いえ、俺たちだけじゃ止めることはできなかったので」

そう。俺たちだけじゃ確実に魔族を止めることはできなかった。まず、アミエルさんがいなかったらあの少年を倒すことは難しかっただろうし、アルゲが召喚した名騎士たちも倒すことができなかっただろう。

それに加えて、ミカエル様たちが加勢に来なかったら俺やルーナ、クロエ全員が死んでいたに違いない。

「それは違うぞ。メイソンたちが居てくれたおかげで最小限の被害で抑えられているんだ。まだ終わっていないのだから気を緩めるわけにはいかないが、感謝するに値する」

「……。ありがとうございます」

「まだ力を貸してもらう時はあると思うが、その時は頼む」

「はい」

その後、ラファエル様たちとも軽い会話を済ませ、ルーナたちと明日の作戦を練った後、自室へ戻って就寝した。

翌朝、ベッドから起き上がると体中が少しばかり悲鳴を上げていた。

(それもそうだよな……)

ラファエル様が治してくれたのは、体に受けた傷であり、魔力などを回復することはできない。

はっきり言って、物理的損傷より魔力をほぼ使い果たしたほうがきつい。なんせ、魔力を使う空間転移（小）や重力魔法（小）、炎星《アトミック・フレア》を何度も使ったのだから……。

それに加えて、魔剣《グラム》に火玉《ファイアーボール》や風切《エア・カッター》を付与させて戦っていたため、ほとんど魔力が残っていない状況だった。

（まあ今日は多分、そこまで戦闘しないと思うし）

昨日はミカエル様たちが加勢に来るのが遅かったため、負担が大きかったが今日からはミカエル様たちを中心に戦うと思うから負担が少ないと思う。

俺は、そう考えながら自室を出てみんながいる食堂へ向かった。そこで全員と軽い打ち合わせをして戦場へ向かった。

そしてミカエル様たちがいるところへ到着すると、疲れ切った様子で俺たちに気づいた。

「大丈夫か？」

「おかげさまで大丈夫です」

「それはよかった」

「俺たちができることはありますか？」

ミカエル様に尋ねると、少し悩んだ表情を見せた後、顔を上げて答えた。

「特にないな。強いて言えば、漏れた敵が国へ攻め込んでくるのを止めてくれると助かる」

「わかりました。ではご武運を」

「あぁ」

ミカエル様に言われるがまま、国近辺に向かって、倒しそびれた魔物たちを狩る日々が始まった。

◆◆◆

三日目は二日目同様、国を守るために警備をしていて、ふと思った。

（ウリエル様すごいな）

目に見えて結果を出すことができるミカエル様やラファエル様とは違い、ウリエル様の知識は目に見えてすごいと思うことはできなかったが、今ここにきてわかる。

魔物が大勢来やすいところには魔法使いの方々を配置して、殲滅《せんめつ》できる準備を。逆に少数でも国へ入ってくる場所には戦士を配置していた。

それ以外にも、数えきれないほど細かい指示をされているんだろうなと思った。その結果として、今でも国へは被害がほとんど出ていない。

（やっぱり四大天使なんだな）

はっきり言ってなめていた。知恵だけがすごい天使だと思っていたが、戦術面や精神面などの指示もしての現状になっているのだとわかったんだから。

「すごいな……」

「「「え？」」」

俺がそうつぶやくと、ルーナやクロエ、アミエルさんが聞き返してきた。

「いや、今優勢になっている状況もミカエル様やウリエル様、ラファエル様がいるからなんだなって思うと、やっぱりすごいって感じる」

するとルーナやクロエは納得した表情になり、アミエルさんは満足げな表情をしていた。

「そうですね!!」

「はい。本当にアミエルさんにも感謝しています。ありがとうございます」

「いえいえ」

その後も、軽く警備をして三日目は終わった。

◆◆◆

四日目には狐人国の皆さんが加勢に来てくれて、五日目にはランドリアの騎士たちが加勢に来て、徐々に優勢な状態が確立されていった。

(これで、何もなく終わってくれればいいけど……)

そして七日目。いつもどおり警備をしていると、空が徐々に暗くなっていった。

(え?)

俺たちはすぐさま暗くなっている場所へ向かうと、道中、見たこともない魔物と遭遇する。

(なんだあれは?)

全身が泥でおおわれている魔物……。俺はすぐさまそいつに向かって火玉《ファイアーボール》と風切《エア・カッター》を放つが、そいつは一枚の岩壁を作って回避する。

「!?」

そこで、アミエルさんから視線を感じてそちらを向く。

「私が時間を稼ぎます」

「わかりました」

すると、アミエルさんは全方位に移動しながら魔物が逃げられないようにした。そして、アミエルさんが攻撃を仕掛けた時、先程同様、岩壁を使って防ぐ。

(今だ!!)

俺はすぐさま、魔物に向かって略奪を使用する。
・岩壁
・泥沼
その後、一瞬怯んだ魔物を見逃さず、首を刎《は》ねて倒した。気を取り直して、向かうと、そこにはルシファーと悪魔たちがウリエル様と戦っていた。

ミカエル様とルシファーの戦闘はほぼ五分五分であったが、悪魔と戦っている天使のほうは、悪魔たちが優勢であった。

(やばい……)

このまま戦闘が進んだら、まず最初に天使の方々の陣形が崩れて、最終的にはミカエル様の負担になってしまう。

そう思い、俺はすぐさまミカエル様の援護ではなく、悪魔を倒すように天使の方々を援護する。

ルーナは負傷している味方を治癒し始めて、俺やクロエ、アミエルさんは悪魔と戦闘を始めた。

(一番やばかった時はなんだ?)

思い出せ……。

(あ! あの時だ)

無音でクロエの背後を取って突き刺して来ようとした時。なら、あれをさせないように戦わなくてはいけない……。そう思いながら、三体いる悪魔の内一体をアミエルさんに任せて、クロエと一緒に二体の悪魔と戦い始めた。

まず俺は、魔剣《グラム》に風切《エア・カッター》を付与させて、攻撃範囲を伸ばす。そして前回同様、俺が悪魔に攻撃を仕掛けるが、案の定槍で受け流されてしまう。

(やっぱり良いもの使ってるよな)

普通の武器なら、魔剣の一撃を受けたら壊れるはず。だが、受け流されて尚且つ反撃までしてくる。

「なんの武器を使っているんだ?」

「メイソン、今はそんなことどうでもいいでしょ」

「あ、あぁ。悪い」

クロエの言うとおりだ。好奇心よりも、まずは目の前の敵を倒さなくちゃいけない。

その後も、何度も攻撃を仕掛けるがうまくさばかれてしまい、隙という隙が現れない。

(どうする、どうする?)

そう思っていた時、悪魔の一体がアミエルが隙を作ってしまったところに攻撃を仕掛けたため、瞬時に岩壁を使い防ぐ。

（あ、これだ）

俺はもう一度、岩壁を使い自身の身を悪魔から見えないようにする。

「え？　どうしたの？」

「時間がないから説明はできないけど、クロエ。左方向から攻撃を仕掛けてくれ。俺が隙を作る」

「わ、分かったわ」

俺は地面を触りながら、先ほど盗んだ岩壁を複数枚まばらで出す。そして、俺は頭上に炎星《アトミック・フレア》を放ち、悪魔に攻撃をする。すると案の定、炎星に意識を割かれて俺たちの居場所をわかっていない状況になった。

そこを俺は見逃さず、岩壁を徐々に前進しながらクロエが前回使用していた設置魔法を利用して火玉《ファイアーボール》を全方位から悪魔に向かって攻撃する。

そして俺は一体の悪魔の目の前にたどり着き、魔剣《グラム》で悪魔が所持している槍を突き飛ばす。その瞬間をクロエは見逃さず、悪魔にトドメを刺した。

「やった!!」

「クロエ、後二体いるから」

「わかっているわ」

すると、もう一体の悪魔が岩壁を処理したため、もう一度岩壁を発動する。そして、俺は火玉を細かくして、頭上に放つ。それと同時に平面から風切《エア・カッター》を悪魔に向かって放つ。

案の定、悪魔は俺の攻撃についてくることができず、徐々にだがダメージを蓄積していった。

(これだ!!)

今まで正面で敵と戦いつつ隙を伺っていたけど、魔法使いの基本は敵に標準が合わない位置で戦うこと。だから、身を隠しつつ敵をかく乱させてトドメを刺す方法が一番安全で、なおかつ倒しやすい。

(それに……)

だが、二回目のため悪魔も徐々に慣れてきて岩壁を瞬時に壊し始めたため、俺が姿を見せると一瞬にしてこちらへ詰め寄ってきた。

(よし)

俺は背後に細かく分散させた火玉を使いながら、魔剣で迎え撃つ。そして一旦距離を取った瞬間、火玉を悪魔に向かって放つ。その攻撃を避けつつこちらへ寄ってきた。

「クロエ!!」

「わかっているわ」

悪魔の攻撃をクロエが受け流す。そして、クロエが悪魔と距離を取った瞬間、先程半分残していた火玉をもう一度悪魔へ放つ。

すると、悪魔に直撃して怯む。それを見逃さず悪魔の首を斬り落とした。

(よし)

本当に魔法は奥が深い。時間差での攻撃に視界を消す魔法。使えば使うほどいろいろな組み合わせができて面白いと感じ始めた。

「メイソン！　早くアミエルさんのところに行かなくちゃ」

「あ、あぁ」

俺たちはすぐアミエルさんのところへ向かうと、すでに悪魔が二体倒されていた。

（あれ、さっきまで一体しかいなくなかったか？）

そう思いながら、アミエルさんのところへたどり着くとそこにはロンドたち勇者パーティがいた。

「メイソン遅いぞ」

「わ、わるい。助かった。でもなんでここに？」

そう。ロンドたちは違う場所に配属されていたはず。

「多分お前たちと一緒だよ」

「あ～」

「それよりも早くミカエル様の援護をしよう」

「そうだな」

ロンドの言うとおり、今はミカエル様の援護だ。ここは、天使の方々に任せて、俺たち四人と勇者パーティ全員でミカエル様のところへ向かう。そして数分も経たずにたどり着くと、すでにルシファーへトドメを刺すところであった。

ミカエル様が俺たちに気づくと油断せず声をかけてきた。

「もう終わるから待っていてくれ」

「はい……」

ルシファーにトドメを刺す瞬間を見ようとしていると、ルシファーが叫びだした。

「ミカエル‼　悪かった。こちらの情報を渡すから殺さないでくれ」

「……」

その言葉にミカエル様は一瞬迷った。それをルシファーは見逃さずミカエル様に攻撃を仕掛けて距離を取った。

「本当に昔からバカだね。だから」

「黙れ」

ミカエル様がそう言うと、ルシファーの元へ近寄って攻撃を仕掛けようとするが、避けられてしまう。

「もうミカエルはいいや。そこにいる人さえ殺せれば」

そう言ってルーナの元へ近寄って行き、ルーナを気絶させてしまった。

「ルーナ‼」

俺はすぐさまルシファーに斬りかかるが避けられる。

「じゃあこの子はもらって行くよ」

そう言って空を飛び始めて、この場から去ろうとしていた。

（やばい……）

このままじゃルーナが連れ去られてしまう。

（なんのために俺は力を手に入れたんだよ）

その時、ロンドと話したことが頭によぎる。俺は英雄になりたいわけじゃない。ルーナやクロエを守るために力を手にしたんだ。

今までの全力の力を使い空間転移（小）を使い、空中にいるルシファーの背中を摑む。そして、翼を斬り落としてルーナを抱きかかえながら叫ぶ。

「ロンド‼」

「あぁ」

落ちていくルシファーめがけてロンドがもう片方の翼を斬り落とした。それに続くようにミカエル様がルシファーの両手を斬り落とす。

「あぁぁぁぁぁぁぁ」

「今までありがとう」

そう言ってミカエル様がルシファーにトドメを刺そうとした時、ルシファーがあたり一面に何か魔法を使おうとした。

（やばい）

勘が言っている。あれはやばい。それはここにいるみんなも感じているみたいで、顔色がこわばっていた。

その時、ロンドだけが冷静に動き出していた。

「神聖光《ゴッドライト》」

ロンドはルシファーが使おうとしていた魔法を打ち消して、その隙を見逃さずにルシファーの首を斬り落とした。

「終わった……」

ロンドがそうつぶやきながら俺たちのほうへ駆け寄ってきて、肩を叩かれる。

「ルーナさんは大丈夫か?」

勇者パーティの一員であり、賢者でもあるミロに見てもらう。

「大丈夫よ」

「ミロありがとう。ロンドも本当にあの時駆け寄って来てくれてありがとう」

そう。あの時もう片方の翼を斬り落としてくれなかったら、逃げられていたかもしれない。そうじゃなくても、ミカエル様が攻撃することができなかったかもしれない。

「お前が何かする時ぐらいわかるさ。一応は元パーティメンバーだからな」

「そうか。それよりも最後に使った魔法はなんだ?」

「あれか……。俺もよくわからないんだが、なぜか頭に思い浮かんできたから使ってみたんだ」

「そ、そうなのか……」

やっぱりこいつは勇者なんだなと実感をする。普通は、頭に思い浮かぶなんてありえるはずがない。

すると、ミカエル様がようやく緊張を解いた様子で息を吐いた。

「後処理はあるけど、これで戦争は終わりね。一旦国へ戻りましょうか」

「はい」

そして俺たちは国へ戻った。

◆◆◆

王室に戻ると、すぐさまラファエル様にルーナの状態を見てもらって、身に危険がないかを確認してもらう。

「大丈夫よ。ただ気絶しているだけ」

「よ、良かったぁ」

俺とクロエ、アミエルさんはホッとする。

「でも最低でも数日間は安静よ」

「はい」

その後、エリクソンさんや加勢に来てくれたロンローリさん、ガイルさんたちに何が起こったのかを説明して、就寝した。

翌日、ルーナが目を覚ましたため、俺たち全員で軽く国がどのようになっているかの情報整理をして一日が終わった。

そこから数日間ミカエル様たちがエルフ国の警備などをしてくれて今回の騒動が終わったのだった。

第五章
エピローグ

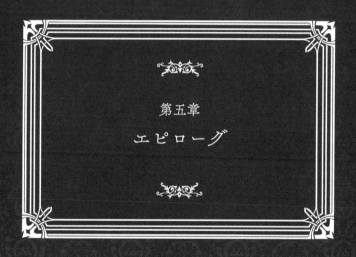

エリクソンさんに呼ばれて俺たちは王室に入ると、今回の件を話し始めた。まず、ミカエル様たちの話から天使国《テウター》の一件から考えて、主犯格は四魔神の一人、ルシファーが起こした。そしてルシファーの加勢としてアルゲがやってきたこと。そこから戦争が始まった。

まず俺たちが倒した少年はアルゲの部下で有名な魔族であったらしい。そして、意識のある死者を蘇生したのはアルゲの仕業であった。

まあこの件に関しては納得できていた。リーフを殺した時からルッツからいろいろと怪しげな情報を入手していたから。

そしてルシファーたちと一緒に来た悪魔に関しては情報が何一つ得られなかった。なんせ、倒した死体は砂になり手掛かりがなく、調べることができなかった。

その後も、今回の騒動を話していて、最後エリクソンさんが天使様にお礼を述べていた。

「ミカエル様たち本当にありがとうございました。ラファエル様との条件はきちんと守りますので、いつでもお越しください」

「わかりました」

「そして、勇者殿。あなた方にも何かお礼をしなくてはいけないので、後日お話をさせていただければと思います」

ロンドは頭を下げながら頷いた。その行動に俺は驚く。

(ロンドも成長したんだな……)

昔のロンドなら、こんな行動はとらなかったのだから。

「メイソンくん。君にもお礼を言わなくてはいけない。本当にありがとう」

「いえいえ」

「それでだが数日後、重要な話があるから王室に来てくれ。ここにいる皆さんも来ていただけたらと思います」

そう言って、今日の会議が終わった。

（話したいことってなんだろう？）

そう思いながらも部屋を出ようとすると、ルーナとクロエはエリクソンさんとロンローリさんに呼び止められて王室に残ったため、俺だけが自室に戻ってすぐさま就寝してしまった。

そこから何もなく数日間過ごしていると、ルッツくんに呼ばれて王室に行くと、白いドレス姿のルーナとクロエが立っていた。

呆然と二人のことを凝視していると、顔を赤くしながら俺のほうを見てきた。

（え、どういう状況⁉　なんでドレスを着ているの？　それもこのドレスって、ウエディングドレスだよな？）

ロンドたち全員、正装になっているし。

（もしかして、二人誰かと結婚するの？）

いや、ちょっと待ってくれよ。俺、聞いてないんだけど……。一応はルーナと婚約者（仮）みたいな形にはなっていたから、相談ぐらいあってもよかったじゃん……。そうじゃなくても、パーティメンバーなんだから。まあいいんだけどさ。でも少し悲しいな。

（あ～。でもそうだよな）

結婚するっていったら、パーティ解散とか考えなくちゃいけないもんな。それなら話しづらいのもわかる。

（でも誰なんだろう？　やっぱりロンドか？）

今回ルシファーを倒したのはロンドだし、結婚するのもわからなくもない。

（でもそしたらなんで二人ともウエディングドレスを着ているんだ？）

今回の一件でロンドと結婚するのはルーナだと思う。

（だとしたらクロエは？）

まあ、この世界は一夫多妻制が認められているから、わからなくもないけど。ロンドに至っては世界が認める勇者だしな。そう考えると、徐々に悔しく感じてきた。

ここでやっと、自分の気持ちに気づいた。

（あ～俺って二人のことが好きだったんだ……）

今まで、なあなあと過ごしてきていて、二人がいるのは当たり前の生活だと思っていた。だけど、いざ環境が変わりそうになって気づくなんて遅いだろ……。

（幸せにしてあげろよ）

「ロンドにルーナ、クロエおめでとう!!」

「「「え？」」」

「ちょっと頭冷やしてきたいから、外出てくるわ」

俺はみんなを後にして、この場を出て行った。クソみたいな行動をとっているのはわかる。でも、あの場にずっといたら俺の精神が持たなくなってしまう。そうしたら絶対に場の空気を悪くしてしまう可能性もある。

(だからこれぐらいは許してくれ……)

そこから少し歩いて、人気《ひとけ》のない庭でボーッと座りながら今後のことを考えていた。

(これからどうしよう……)

また一人か……。目的もなくなったら今、どうすればいいんだろう。もうルーナやクロエを守る意味もなくなった。だったら世界を救うために戦うか？

う～ん。まあガブリエル様に言われたこともあるし、それもいいのかもしれない。でもなぁ。そう考えていると、うっすらと涙が流れてきた。

「俺って本当にバカだよな」

自分の気持ちをきちんと伝えていればよかった。すると、後ろから声をかけられた。

「メイソン、どうしたの」

「え？　なんで泣いてるの？」

なぜかそこには二人がいた。

「ちょ、なんでここにいるの!?」

「なんでって、メイソンがあの場から出て行っちゃうから」

「そうだよ」

「いや、そうだよな。ごめん」

そりゃあ、突然あの場から出て行ったら誰でも驚くし、仲間なら追いかけるのも当然か……。

「それよりもどうしたの？」

「いや……」

本当のことを言うわけにはいかない。ここで俺の気持ちを伝えたところで二人に迷惑をかけるだけなのだから。俺は俯きながら話をそらそうとした。

「ロンドと二人が結婚するのを目の当たりにして、今後どうしようか迷っていたところなんだよ。一人で何しようかな〜ってさ」

嘘は言っていない。徐々に二人のことを見ると、呆《あき》れた顔をして詰め寄ってきた。

「私たち、ロンドとは結婚しないよ？」

「そうよ」

「え？　じゃあなんでウエディングドレスを？」

俺がそう尋ねると、二人は少し顔を赤くしながら更に顔を近づけてくる。

「それは!!」

「ちょっと待ってくれ!!」

(今しかない)

今しか言う機会はない。もしこの場を逃したら一生言うことはできないかもしれないと思い
「ルーナ、クロエ好きだ」

「「え?」」

「優柔不断だってことはわかっている。本当はどちらかを選ばなくちゃいけないのもわかっている。だけど、だけど俺は二人のことが好きだ」

本当に情けない。でも、さっきわかったんだ。どちらか一方が好きというわけではなく、どちらも同じぐらい好きなんだ。

「は〜。遅いよ」

「でも、良かった……」

「ね〜。メイソンからそう言ってもらえてうれしい」

「え?」

俺は二人がなんでそんなことを言っているのかわからなかった。

「え? じゃないよ。やっと私たちが欲しい言葉を言ってくれた」

「ね!! 遅いよ」

「でも、本当にいいのか?」

そう。俺はどちらか一方を決めることができなかったのだから。

「いいんじゃない? 私たちは逆にどちらかが選ばれたらどうしようって思っていたよ」

「そうよ。前々からどうするか話していたのだから。ミロとかにも相談してね」

「そ、そうだったのか……」

「うん!! だから王室に戻ろ!!」

するとルーナが右手を、クロエが左手を握ってきながら走り始めた。

「は〜。やっとこの関係になれたわ!!」

「ね〜。これで前に進める!! メイソンが遅いから〜」

「あ、あぁ。本当に悪い」

「『いいの!! そんなメイソンのことが好きだから』」

そして、俺たちは王室に戻ると、みんなに呆れた表情をされながらも、結婚する話が始まった。

エリクソンさんが言う。

「メイソンくんが逃げ出したからどうしようかとは思ったけど、決心はついたようだね」

「はい」

ルーナとクロエに囲まれながら俺は頷く。

「クロエを頼むよ」

「ルーナも頼む」

「はい」

「じゃあ式だが、今日には挙げる予定だから」

「え、今日ですか!?」

流石に早すぎない？ いや、ルーナとクロエがウエディングドレスを着ていたから、もしかしたらとは思っていたけどさぁ……。するとエリクソンさんとロンローリさんが圧をかけてくる。

「『いやかい？』」

「ぜひよろしくお願いします」

ここで断れる強者《つわもの》とかいないだろ……。

「そう言えば、メイソンくんの両親はどこにいるんだ？」

「それは……」

俺は両親の件を話し始めた。生まれてこの方、両親とは一度も会ったことがないこと。そして俺は孤児として育てられて、ランドリアの王宮で鍛えられてロンドたちと出会ったこと。

「そうなのか。じゃあ結婚式には呼ぶ人はいないね」

「そ、そうですが、一応は確認ですが大丈夫ですか？」

「何が？」

「だって、孤児と王女が結婚ですよ⁉」

そう。普通こんなことあり得るはずがない。平民と上級貴族が結婚することすら珍しいのに、王族と孤児なんて天と地の差がある。

「あ～。それは大丈夫だよ。君は英雄なんだから」

「そうそう」

「そ、そうですか」

「もしかして、ルーナが嫌と？」

「え？　クロエが嫌だって？」

なぜか二人からまたしても圧をかけられる。

「それはありませんよ。お願いします」

「そうか。それはよかった。じゃあ着替えてきなさい」

エリクソンさんがそう言うと、ルーナとクロエが両手を離してくれ、別室に案内されてタキシードに着替える。そして、王室に戻ると、ルーナとクロエが驚きながらも褒めてくれた。

「似合ってるよぉ……」

「似合ってる」

「ありがと。言うの遅れたけど、二人とも似合ってるよ」

二人の元へ駆け寄って手を繋《つな》ぐと、エリクソンさんとロンローリさんが歓迎して迎えてくれた。

「「じゃあ結婚式を始めようか」」

そう言って、外へ出た。

◆◆◆

すでに準備されていた壇上に立ち、二人にもう一度確認する。

「本当に俺でいいのか？　俺って優柔不断だし……」

「いいの!!」

「そうよ。それも踏まえて私たちはメイソンを好きになったんだから」

「そっか。ありがとな」

俺が頭を掻《か》きながらそう言うと、二人が逆に問いかけてきた。

「逆に私たちでいいの？　メイソンならもっといい人が見つかるかもよ？」

「そうよ。私たちは嬉しいけど、メイソンは……」

「俺は二人じゃなくちゃ嫌だよ」

「えへへ」

「そっか」

すると、神父が結婚の誓いを言い始めて、結婚式が進んでいった。そこからあっという間に誓いが終わり、参加してくれた人たちと話し始めた。

まずロンドとシャイルの元へ行くと肩を組まれながら祝いの言葉を投げられる。

「お前が先に結婚するとはな!!　それも美女二人とは羨ましいぞ!!」

「そうだぞ。俺なんて結婚してくれる人が居るかわからないのによぉ」

「あはは。二人ともありがとな」

「あぁ。こっちこそお前が幸せになってくれて嬉しいよ」

「え？」

その言葉に驚きを隠しきれなかった。

「俺たちがお前の人生をめちゃくちゃにしたのは事実だ。だからこそ、お前には今後の人生で幸せになってほしかったんだ」

「もういいって」

気にしていないと言えば嘘になる。だけど、それ以上にロンドたちには助けられている。だから二人の肩を叩きながら笑った。

「ロンドとシャイルも困ったことがあったら声かけろよ」

「あぁ」

「もちろん」

その後、少し話していると、エリクソンさんとロンローリさんがこちらへやってきた。

「結婚おめでとう。ルーナを頼むよ」

「クロエも頼む」

「はい。任せてください」

「じゃあ、また今度三人で話そうじゃないか」

そう言って、この場を去って行った。その後、リリエット義母さんとユミル義母さんと話し、ルーナとクロエの弟であるルッツやエークと少し話してからルーナとクロエの元へ行くと、二人が抱きついてきた。

「「これからよろしくね!!」」

「あぁ」

こうして結婚式が終わった。

◆◆◆

三人で王室へ戻って寝た後、ふと外に行きたくなって出ると、そこにはガイルさんが立っていた。

「お！　結婚おめでとう」

「ありがとうございます」

「今回も悪かったな」

「いえ、それが仕事ですので」

そう。今回もガイルさんが頼んできた一件から始まったけど、それがなかったら俺は結婚という決心がつかなかったかもしれない。それ以外にもいろいろと助けられている。だから、なんやかんやこの人には感謝してもしきれない恩がある。

「それでだが、一つ言っておかなくちゃいけないことがある」

「なんですか？」

「簡単に言えば、世界の秩序が崩れ始めている」

「え？」

（それって、ガブリエル様が言っていたことか？　でもそれって、あと数年はあるって言っていなかったか？）

「今回の一件でエルフ国は免れたが、噂によると魔族の英雄が蘇ったらしい」

「は？」

（魔族の英雄ってなんだよ……）

「だから、それの調査をしてほしい」

「……」

「今返答が欲しいわけじゃない。ゆっくり考えてくれれば」

「はい」

この時の俺はまだ魔剣《グラム》の真の力、そしてガイルさんに言われた魔族の英雄がどれだけやばい存在だったか知らなかった。

◆◆◆

その時、英雄神は一人笑う。

「やっと、メイソンもここまでたどり着いたか。これであいつを……」

《了》

あとがき

皆様、お久しぶりです。煙雨です。

この度は二巻を手に取っていただき、誠にありがとうございました。

私が二巻を出すのは、本作が初めてでしたので、ものすごく嬉しいです。

これも、皆さまが本作を手に取っていただいたおかげです!!

皆さんは二巻を読んで見てどう思いましたか？　私は、メイソンがルーナとクロエと結婚することが出来てものすごく満足しています。

それに加えて、二巻もイラストを担当してくださった桑島先生。ものすごく良くて毎日見惚れていました。ありがとうございます!!

そして、担当のO様とH様。様々なアドバイスをいただき、誠にありがとうございました。お二人のアドバイスが無かったら、本作は完成いたしませんでした。また、前担当のs様もありがとうございました。

ここからは雑談になってしまうのですが、皆さんはどのような趣味を持っていますか？

私は、ここ最近NBAを見ることと、ダーツにはまっています（笑）

NBAでは、ドンチッチと言う選手がオールラウンダーであり、ものすごく見ていて楽しいです。

ダーツでは、クリケットしかやっていないのですが、スタッツ2に近づいてきたので、成長しているなと実感しています。

是非、ダーツやNBA、テニスなど好きな人が居ましたら、Twitterなどで声をかけていただけると嬉しいです!!

最後になりますが、読者の皆様、これからも略奪使いの成り上がりをよろしくお願いいたします。

本作はコミカライズ企画も進行しておりますので、楽しみに待っていただけると幸いです。

では、三巻が出るのでしたらお会いしましょう!!

煙雨

Kikori's Other worldly Tales
キコリの異世界譚
～転生した少年は、斧1本で成り上がる～
1巻発売中！
amano hazama
天野ハザマ
illustration 藤本キシ
転生者の特殊能力×《努力》&《根性》
＝成長無限大!!
その少年、最強につき。
©Hazama Amano

Written by Atoha
アトハ
Illustration
片倉響
俺だけ使える
古代魔法
基礎すら使えないと追放された俺の魔法は、
実は1万年前に失われた伝説魔法でした
規格外の最強魔法で
無双する!
禁忌とされた
魔法体系の
失われし知識《ミッシングリンク》
=古代魔法
1巻発売中!
©Atoha

唯一無二の最強テイマー
～国の全てのギルドで門前払いされたから、
他国に行ってスローライフします～
原作：赤金武蔵　漫画：田村紘一
キャラクター原案：LLLthika
異世界還りのおっさんは
終末世界で無双する
原作：羽々音色　漫画：ダンタガワ
処刑された聖女は
死霊となって舞い戻る
原作：緒二葉　漫画：蚊
キャラクター原案：みなせなぎ

雷帝と呼ばれた最強冒険者、
魔術学院に入学して
一切の遠慮なく無双する
原作：五月蒼　漫画：こばしがわ
キャラクター原案：マニャ子
モブ高生の俺でも
冒険者になれば
リア充になれますか？
原作：百均　漫画：さぎやまれん
キャラクター原案：hai
魔物を狩るなと言われた
最強ハンター、
料理ギルドに転職する
原作：延野正行　漫画：奥村浅葱
キャラクター原案：だぶ竜
COMIC NOVA ノヴァ
https://www.123hon.com/nova/
話題の作品
続々連載開始!!

転生貴族の異世界冒険録
~カインのやりすぎギルド日記~
原作：夜州
漫画：佐々木あかね
キャラクター原案：藻
レベル1の最強賢者
原作：木塚麻弥
漫画：かん奈
キャラクター原案：水季
我輩は猫魔導師である
原作：猫神研究信仰会
漫画：三國大和
キャラクター原案：ハム

略奪使いの成り上がり 2
～追放された男は、最高の仲間と英雄を目指す～

発　行
2023 年 6 月 15 日　初版発行

著　者
煙雨

発行人
山崎　篤

発行・発売
株式会社一二三書房
〒101-0003　東京都千代田区一ツ橋 2-4-3 光文恒産ビル
03-3265-1881

印　刷
中央精版印刷株式会社

作品の感想、ファンレターをお待ちしております。
〒101-0003　東京都千代田区一ツ橋 2-4-3 光文恒産ビル
株式会社一二三書房
煙雨 先生／桑島黎音 先生

Printed in Japan, ISBN 978-4-89199-980-3 C0093
※本書は小説投稿サイト「小説家になろう」（https://syosetu.com/）に
掲載された作品を加筆修正し書籍化したものです。